我的方舱日记

塔子湖方舱兜妈的抗疫全记录

李雪颖 著

My Temporary Hospital Diary

长江出版传媒
湖北人民出版社

为历史存照的战地纪实

——“抗疫日记系列图书”总序

白　烨

始于己亥岁尾庚子年初的新冠肺炎疫情，使2020年从一开始就不平静也不平凡。正如习近平总书记所指出的：“这次新冠肺炎疫情，是新中国成立以来在我国发生的传播速度最快、感染范围最广、防控难度最大的一次重大突发公共卫生事件。对我们来说，这是一次危机，也是一次大考。”突临这样的“危机”和“大考”，在习近平总书记的亲自指挥、亲自部署下，在党中央坚强而有力的领导下，全国上下坚决贯彻“坚定信心，同舟共济，科学防治，精准施策”的总要求，打响抗击疫情的人民战争、总体战、阻击战。经过艰苦卓绝的努力，中国付出巨大代价和牺牲，有力扭转了疫情局势，用一个多月的时间初步遏制了疫情蔓延势头，用两个月左右的时间将本土每日新增病例控制在个位数以内，用3个月左右的时间取得了武汉保卫战、湖北保卫战的决定性成果，疫情防控阻击战取得重大战略成果，维护了人民生命安全和身体健康，为维护地区和世界公共卫生安全作出了重要贡献。

武汉与湖北作为全国抗击新冠疫情的主战场，其疫情防控工作具有“武汉胜则湖北胜，湖北胜则全国胜”的决定性意义。疫情暴发后，全国各地的四万多名医务人员向着武汉、湖北勇敢逆行，驰援前线；英雄的武汉人民、湖北人民紧急动员起来，立即投入严防严控的抗疫斗争。经过团结一心的共同奋战和众志成城的协同努力，我们不仅经受住了这场前所未有的危机，而且在这场史无前例的大考中，也交上了一份出色的答卷。如果说，中国有效地遏制住了来势汹汹的新冠肺炎疫情，维护了人民生命安全和身体健康，为维护地区和世界的公共卫生安全作出了重要贡献的话，那么，武汉保卫战、湖北保卫战的所有参战人员，无疑厥功至伟。

我虽未在武汉、湖北参战，却也一直揪着心地在京观战。从军地医护人员毅然逆行，驰援武汉，到火神山、雷神山医院快速建成，收治病患；从全国各地援助物资源源不断地运往武汉和湖北，到各个方面的志愿者奔赴前线，埋头苦干，武汉和湖北的保卫战，如同以抗疫为题材公开上演的一出超大型活剧，一个个与病魔博弈的细节、一幕幕与死神抗衡的场景，都让人为之感佩不已，令人为之万分震撼。在这期间，那些来自抗疫前线的日记，那些来自前线记者的报道，那些来自方舱医院的"涂鸦"，那些来自防护服上的文字与图画，都以一种随即随性的特殊方式，记录着正在进行中的疫情防控斗争的艰难进程与恢宏壮举，也传导着抗疫战地正在不断迸发着的情感力量与精神能量。

我曾在一篇题为《战疫阅读记》的文章里就此说道："从广义的角度来看，那些来自武汉和湖北抗疫前线的医护人员及患者病友的一些诗句一般的'金句'（如'说星星很亮的人，是因为没有看见护士医生的眼睛''武汉最美的不是樱花，是武汉人民感恩的心'等）、战地日记、方舱医院里的群体歌舞、走廊的涂鸦漫画等，都是战疫期间产生的重要文艺成果。而由于来自一线，完全自发，这些作品更带有'精诚由衷'的本质特性。这些作品以任情恣性、'苦中作乐’的方式歌吟无悔的付出与无畏的投入，洋溢着向善向上的乐观情绪和浪漫情趣，传扬了抗疫期间人们迸发出来的战友深情与斗争激情，在感染人、感奋人的同时，也成为抗疫这个重大事件的别样记述。我希望有心又有条件的人们，尽快收集整理这些零散又宝贵的特殊作品，并能尽快出版行世，以飨广大读者。”现在好了，由湖北人民出版社、长江文艺出版社联合组织和出版的“抗疫日记系列图书”正式推出，我当初的这一热切愿望总算部分地得到了实现。

湖北人民出版社和长江文艺出版社联合出版的这套“抗疫日记系列图书”，将先期推出援鄂护士赵东方的《雷神山战疫日记》和轻症患者李雪颖的《我的方舱日记》。此外，由援鄂医生、志愿者、学者、普通市民各自撰写的日记也将相继推出。我阅读书稿之后，感慨万千，受益良多，它们不同角度的记述让人重温了武汉保卫战的非常岁月，各有千秋的观察又让人们了解和认识了武汉保卫战所潜含的多重意蕴。

从宏观的层面来看，这套图书的写作与推出，至少有三个方面的显著特点，构成了其特有的价值与意义，值得人们予以认真对待和高度关注。

第一，多视角的亲历真实性。

这套“抗疫日记系列图书”的作者，并非从事写作的专门家，却是武汉战疫的实际参与者、前线战斗者。他们或者是救治前线的医护人员，或者是不幸染病的患者，或者是自告奋勇的志愿者，或者是坚守武汉的普通市民。总之，他们从各自不同的角度，以各有侧重的体验，参与了武汉保卫战，见证了武汉保卫战。因此，亲身经历的感受与亲眼所见的观感，就使得他们的日记记述，既真实可信，又具体生动，具有难能可贵的亲历真实性。

赵东方的《雷神山战疫日记》，从辽宁援鄂医疗队护士的角度，记述了她从请战到参战的具体经过，以及两个多月时间里在雷神山医院救治患者的所历、所见，大量生动而具体的细节，既披露了自己从开始的忐忑到逐渐坚定的心路历程，又描述了医者与患者为了驱除病魔的同一目标而团结奋战。李雪颖的《我的方舱日记》，从一个新冠肺炎病毒感染者的角度，讲述了自己入住方舱医院治疗、痊愈后捐献血浆等一系列经过，以及自己的种种体味与观感，让人们看到了患者以自己的方式参与抗疫……不同角度的体验与观察，各有特点的感受与表达，既折射了武汉保卫战的不同侧面，连缀起来看，又有多棱面和多剖面的生动记述，实现了对武汉保卫战的整体性描述，也诠释了疫情防控何以被称为"总体战"的理由所在。

还值得称道的，是一些作者并不有意回避矛盾与问题的实事求是的态度。武汉抗疫，人们从心理到行动有一个不断积累、逐步适应和循序渐进的过程。把这样一个过程如实描述出来，其真实性才更加具有不打折扣的实在价值。

第二，多声部的"大爱"主旋律。

以武汉为主战场的全国抗击新冠疫情的战役，看起来是以防控和救治为主要方式的公共卫生保卫战，但具体实施的过程与取得胜利的关键，很大程度上取决于政府与人民的上下一致、军队与地方的同心协力。也就是说，在以经济与科技等为主要构成的硬实力之外，还要看由文化与观念等为主要构成的软实力。而从这次由武汉到全国的抗击疫情的战役来看，我们正在这两个重要方面，显示出我们自己的特有优长。

这套"抗疫日记系列图书"也正在这些方面，向人们展现了蕴藏在普通人身上的超越“小我”的“大爱”，以及不同的人所共同拥有的浓得化不开的家国情怀。而这种情怀与情操凝聚起来形成的巨大而深厚的情感伟力与精神内力，正是武汉保卫战最终赢得胜利的关键所在，也是武汉保卫战最为动人的光彩所在。

护士长赵东方的请战获准之后，得知此事的儿子与丈夫经过短暂的吃惊，都对她表示了坚决的支持，典型地体现了“舍小家为大家”的可贵精神；临行之前，医院的姐妹们为她准备的各种东西“铺了一地”；还有雷神山医院一位李姓患者带病作画，执意要把它送给战疫的白衣天使。这些细节描写，把家人的有力支持、同事的热情关切、患者的衷心感念，都表现得感人至深。李雪颖住进完全未知的方舱医院之后，感觉“一切都在慢慢变好”，尤其是医患之间由一场特殊的生日聚会，拉近了彼此的距离，以至于原负责一楼医护工作的天津医疗队调到二楼之后，“大家都非常非常地舍不得”，争相邀请护士们疫情过后到武汉来玩，一位婆婆甚至豪横地说：“不要你们的钱，全部由我们包了。”医者与患者两方，此时已化为了战友的关系，充满了并肩战斗的情谊……舍小为大、舍己为人、舍家卫国、舍生忘死，成为武汉战疫前线包括医护人员和武汉市民在内的同一信念与不二选择，他们实际上各以自己的独特音色，在疫情中的武汉，唱响了高亢而嘹亮的家国情怀的主旋律。

第三，多层面的人民主体性。

在疫情刚刚暴发之时，习近平总书记就指出：“要把人民群众生命安全与身体健康放在第一位。”后来，他又在统筹推进新冠肺炎疫情防控和经济社会发展工作部署会议上的讲话中指出：“打赢疫情防控这场人民战争，必须紧紧依靠人民群众。”这就是说，这场抗击新冠疫情的战役，既是为人民而战，也要靠人民取胜。

3月24日晚，在与波兰总统杜达通电话时，习近平总书记更是明确地告诉世界："战胜这次疫情，给我们力量和信心的是中国人民。中国14亿人民同舟共济，众志成城，坚定信心，同疫情进行顽强斗争。中国广大医务人员奋不顾身、舍生忘死，这种高尚精神让我深受感动。人民才是真正的英雄。只要紧紧依靠人民，我们就一定能够战胜一切艰难险阻，实现中华民族伟大复兴。"这是充满自信与自豪的事实陈述，也是精到又精练的经验总结。

这套"抗疫日记系列图书"的书写，因为都是抗疫者的个人角度，看取事物和发抒感受都带有个人色彩，较少有大话、空话与套话，这反倒从一个独特的视角，真真切切地表现了普通抗疫者的公民责任心与人民主体性。

赵东方、李雪颖的日记，分别从医护人员和染病患者的角度，向人们报告了他们对于疫情的观察和参与抗疫的感受，表述了各自不同却又极其相似的一些基本认知。如赵东方说，"一身白衣赋予了我们救死扶伤的崇高使命，那么我们就要用生命去完美地诠释它"，做到"若有战，召必回，回必战，战必胜"。李雪颖从一个患者的特殊视角说道："不是每个人都要成为英雄，但我们每个人都是抗疫的一分子。""这一个个普通人的永不言弃，撑起了这场艰难的战疫。"

这样的场面、这样的情景告诉我们，在武汉，在湖北，各行各业都在联动联防，都在抗疫防疫，他们以自信的认知、自律的言行、自愿的付出、自觉的作为，体现着人民的主动性，凸显着人民的主体性，他们汇聚一起书写着"人民"两个大字，也共同诠释着"人民"这一称谓富含的深邃意蕴。

"抗疫日记系列图书"中的日记作品，在总体风格上偏于纪实，在写作追求上旨在写真。不同的作者既在写作中体现出不同的特点，又不约而同地显示出共有的特性，那就是叙写见闻不打折扣，抒发感受不藏不掖，力求文字、照片、图像等所有表述，有凭有据，确凿不移，从而复现生活原有的真实，还原现实本来的面目。这样的来自亲历者的战地日记，因为其亲身经历的现场性、信而有征的真实性，而具有其不可替代的价值与意义，那就是为历史性的战疫纪实，为战疫的历史存照。

我以为，这样的货真价实的纪实作品，虽然既非典型的文学创作，又非规范的史书写作，但它不是文学胜似文学，不是史作胜似史作。

2020 年 6 月 23 日

于北京朝内

PREFACE | 自序 |

我是一个武汉人，一个被新冠病毒感染了的患者。

2020 年 1 月 22 日左右，当我正忙着年终工作和新年计划时，却突然感到有些不一样：起初是胸闷、咳嗽，后来是持续发烧，最高烧到了 39 摄氏度……而此时，我身边的一些朋友也在讨论“新型冠状病毒感染的肺炎”，显得紧张和不安。谁也没想到，接下来会是一场全人类与病毒的战争，一场疫情天灾。

经过 12 天的居家隔离，我恢复了正常体温，也没有了症状，正当我以为自己已经好了的时候，我的病毒核酸检测结果出来了：阳性！原来狡猾的病毒并没有离去，此时的我还可能传染他人。于是，我从居家隔离状态，转为定点隔离，后来，又入住了由武汉塔子湖体育中心改造而成的江岸方舱医院（塔子湖方舱）。

因为我自学过一些心理学知识，又有不适症状，继而确认感染了病毒，便将自己抗击病毒的经历和思考写成文章发到公众号上，想和大家一起共渡难关。

在去方舱医院之前，我看到网上的视频和一些传言，说里面吃饭要靠抢，没有空调，厕所在室外非常远的地方，没有路灯，也没有洗漱的地方……虽然我一般不夸大对还未发生事情的想象，但还是忍不住“脑补”了一下：方舱附近，荒郊野外、阴森森，一个人走在上厕所的小路上，黑漆漆……

然而真正住进去之后，看到真实的方舱根本不是网上所传的那样。我挺喜欢安排给我的那个位置：整个区域半面墙是玻璃，视野开阔，而我个人的位置又是在角落，相对安静。

所以我决定把这一切写下来，并发到我的微信公众号“兜爷麻麻不睡觉”上。我将方舱的设施，到方舱里的医生和患者，再到每天的生活流程，事无巨细地一一展现出来。我想告诉大家，方舱一点都不可怕，相反，它是一个爱意四处流淌、充满温暖的地方。

没想到，这篇讲述方舱生活的文章得到了极大范围的关注。一时间，共青团中央、人民日报、央视新闻等 70 余个微信公众号转载，其中 8 个公众号的点击达 10 万 +。我又惊讶又兴奋，这说明我的文章对很多人有帮助。我的微信公众号开通得很晚，文章的后面没有留言功能，所以我只能在公众号的后台看到大家给我的留言，这些暖心的话语常常让我热泪盈眶。

接着，我就这么一路记录下来了。我以日记的形式记录了一路走来遇到的人和事，记录了那个时刻我的所感所悟，并将它们都发表在了我的公众号上。

当湖北人民出版社的曾若雪编辑联系到我，希望将我的文章结集出版时，我的激动之情无以言表。这段历史需要被铭记，我作为一名亲历者，能够参与进来，非常的荣幸。要说明的是，为了便于读者阅读和突出主题，结集时我将公众号上的入住方舱前的两篇文章做了浓缩和精减，同时将《方舱是啥样？生活如何？全方位多图带你了解塔子湖方舱生活》《武汉，我在等你》两篇文章分别分为上、下两部分，并对全部书稿的标题和语言做了少许修订，使其更加准确和规范。

疫情终究会过去，那段日子的喜怒哀乐也终将被恢复正常后的忙碌生活慢慢冲淡，最后成为记忆长河中的一个片段，唯文字和影像长存。

目　录 | CONTENTS

缘起：入住方舱前

今年的农历新年来得很早，1 月 24 号就是农历大年三十了，所以，这个 1 月似乎比以往更加地繁忙。人们忙着给年终的工作收尾，忙着打年货，忙着安排春节出行计划。但同时，我身边的一些朋友也在讨论“新型冠状病毒感染的肺炎”，有人建议购买防护物资并做好防护。

23 号的早上八点半我醒来，突然发现微信群里炸开了锅。武汉，10 点！全市城市公交、地铁、轮渡、长途客运暂停运营；无特殊原因，市民不要离开武汉；机场、火车站离汉通道暂时关闭。恢复时间另行通告。于是，我赶紧和家人准备好生活物资，做到有备无患。

到了中午，我正打算好好计划一下如何打发和儿子麦兜接下来在家的日子，没想到，自己居然开始发烧了！

其实自 1 月 22 日开始，我就觉得胸闷，嗓子有痰，但看到没有发烧，所以以为胸闷是由于情绪波动引起的。但我还是留了个心，在家也戴上了口罩。

既然现在开始发烧了，为了保险起见，我还是马上送走了麦兜，跟公司上报，再将所有所需用品搬到卧室。1 个小时内全部搞定，准备开始过单独隔离的生活。

在 23 号这天，各种信息混杂在一起，都是未知的，大家处于不安的情绪中。

而这个时候，我还出现了症状，于是我问了自己几个问题。

首先，现在的事实是什么？我发热了，其他事宜已处理好。

然后，恐慌能让我倒回到没有症状的时候吗？能帮我消除症状吗？能帮助我就医吗？不能。相反，它会影响我对自身整个情况的判断，甚至可能使我做出一些错误的决策。所以对于我目前的状况，恐慌不光没用还会坏事。

因此，我要夺回对情绪的掌控权，而我要做的也只有一件事——梳理现状、理清思路、对症执行。

首先，关于病毒：病毒目前没有特效药，但可以依靠人体自身的免疫力清除。它的毒性不一定强，但是传染性很强，并且多数重症病例都是有基础性疾病的高龄老人。

至于我自身的情况：我非高龄，也无基础性疾病；虽然症状为低热（37.3 摄氏度）、胸闷、咽痛、偶尔咳嗽，但精神状态良好。

此外，目前外部环境是，医院里患者多，交叉感染可能性大。

鉴于以上三点，不管是不是这个肺炎，我的症状都比较轻，所以最好的办法就是自行居家隔离，每日记录症状变化，关注病情进展。

我给自己制定的去医院的标准是：高热或者呼吸困难。所以，根据协和医院发布的疫情防治指南，我让“队友”去药店买了芬必得、奥司他韦、阿莫西林、左氧氟沙星，在家备用。

1 月 24 日，我的病情没有变化。全天最低体温为 37.5 摄氏度，最高 38.1 摄氏度，咽痛，但精神比较好，在家该干啥干啥。

1 月 25 日这天凌晨，我感到呼吸有些费力，心想是不是要变严重了，可体温还是 37 摄氏度多。本打算天亮了看要不要去医院，结果天亮了开窗通风以后就好了——原来是……窗户闭久了……

但是，1 月 26 日，我发烧到了 39 摄氏度。这天白天一直如前几天一样，持续低烧，没有很大的变化，只是把之前喉咙里的痰液咳出来后，咳嗽反而加剧了，变成了不停地干咳。

到了下午 5 点左右，我突然开始发冷，想着温度又要升高了。果然，一量体温，38.4 摄氏度，一直到晚上 10 点都在持续攀升，最高到了 39 摄氏度。

1 月 27 日是我有症状后的第 6 天。凌晨 1 点，我突然感到呼吸有点费力，量体温显示 38.7 摄氏度，于是我决定天亮以后去社区医院看看。

到了医院，水银体温计测量的体温是 37.3 摄氏度，另外再做了血常规，结果显示我白细胞偏低。医生跟上级部门沟通后，判断我的症状不重，建议继续在家隔离。但鉴于我的血象结果并不好，社区医生建议我去医院做个 CT 看看。

从我在社区医院待了一小会儿看到的情况来说，有人说胃疼来看病的，有人说没有食欲来看病的，有人说胸闷（没发烧）来看病的，我想，这其中或许会夹杂着一些恐慌情绪在里面，也就是心理疾病的躯体化表现。

这里并不是说生病了不要去医院，在当时的环境下，紧张、焦虑、不安，都很正常，这是人面对危机事件的正常应激反应，并没有问题。我们需要十分重视这次疫情：把防护做到位、轻易不出门、关注官方的消息、关注疫情的变化——但这不代表我们要一直把一颗心紧紧地绷着。这场战疫一定会以我们的胜利而告终，但是，这需要时间。

28 号，也就是我做 CT 检查的第二天，结果出来了：双肺下叶多发斑片状感染灶。

医生说我是疑似，但由于我的症状不重，给我开了莫西沙星，让我继续服用奥司他韦，在家隔离。

而在这一天晚上，一顿饺子让我突然发现——我没有味觉了！饺子醋就像白开水一样的平淡，再回想这几天吃东西的情况，我应该是在第三四天的时候就开始失去味觉了的，因为一直把注意力放在发烧、咳嗽的症状变化上，而忽略了这个。

这一天，咳嗽也开始加重了。

在接下来的 29、30 号两天里，体温一直在 37.5 至 38.2 摄氏度之间波动，咳嗽依然严重，没有味觉，还出现了轻微的腹泻……

但是，这一切在 1 月 31 号这天有了转折。

我早上一醒来，突然觉得胸口是很轻松的感觉。

在之前，除了刚开始有症状的那两天感觉到过胸闷之外，其他时候并没有感觉很明显，现在看来，可能是习惯了？

所以现在胸口一变轻松我的感觉就很明显，然后量体温——36.6 摄氏度，并且完全没有要咳嗽的感觉了。

当时我想，难道我已经好了？

是的，在又继续观察两天后，我真的以为自己已经好了。因为我咳嗽也减少了，味觉也在慢慢恢复中。

2月19日

我在塔子湖方舱的7天生活全记录（上）

「 生命就是，你活着的艺术，你把自己谱成曲，你的光阴就是十四行诗。

——［英］奥斯卡·王尔德 」

前　篇

正当我以为自己战胜了病毒，嘚瑟了几天的时候……

啪！脸真疼。

我自身的症状确实显示已经好了，直到发文的今天，从来就没有反复过，一直都很正常。

但这个病毒狡猾在虽然我好了，但在接下来的一段时间内，我仍然可以将病毒传染给别人。

还在发烧的时候，我就通过"微邻里"小程序上报了自己的情况。在我症状全部消失后的第五天，社区打电话来通知我去做核酸检测。当时我想虽然自己已经好了，但既然通知了那就去吧。

没想到，两天后结果出来，是阳性！

完全地出乎意料！核酸检测可能会因为试剂的质量、取样的位置、取样位置的病毒浓度、人员的操作等原因出现假阴性，但如果结果是阳性的话，那基本就是确定的了。

也就是说，即使那时我的症状已经消失 5 天了，但我仍然携带病毒，仍然具有传染性。这一点大家要格外注意：症状消失了，自身已经好了，也不代表就可以解除隔离。

核酸结果出来的当天，社区就安排我去了隔离酒店。

我住的是香港路城市快捷酒店，提供一日三餐，每天测量体温 4 次，个别药品可以提前申请发放。

隔离酒店的作用相当于提供一个单独的隔离空间，所以以往的酒店服务是没有的，缺失的生活用品可以自行叫“跑腿”购买或者叫家人送来，目前工作人员是不提供的。

我所在的酒店隔离点由新村街社区卫生服务中心的 6 名工作人员管理。在此想感谢她们，她们为这个隔离点的患者做了很多很多。

没住几天，工作人员通知我，核酸确诊了的人需要全部转运到方舱医院。

进入方舱篇

13 号中午，疾控中心派车来接我。车上还有 3 个人，都是一起去塔子湖方舱的。

“塔子湖方舱”即江岸方舱医院，是由塔子湖体育馆改造而成的，可以容纳 1000 人。

江岸方舱医院

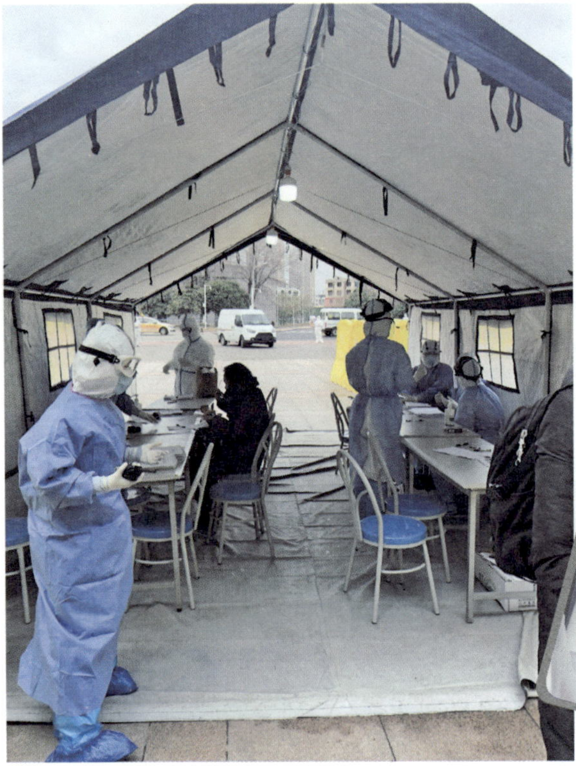

进入方舱医院

方舱医院患者手册

下车后看到门口有个帐篷，进来了以后先登记、填表，工作人员还发放了一本患者手册。

患者手册里讲解了方舱医院的作用、功能和入住流程。

整个体育馆分成了 A、B 两个大区，每个大区又分为一片片小的隔离段，男女分开。

我登记后跟着护士来到了我的床位。这是一张铁架折叠单人床，上面铺了一块比床略小的薄床垫，还有一床电热毯，床尾放了一个枕头、一床薄被子、一床厚被子。

靠近床头的墙上和床尾分别贴了我的床号：B192。

接着一个护士过来登记我的基本情况。她全身穿着白色的防护服，脸上戴着护目镜，从头到脚包裹得严严实实。她询问了我的症状及症状持续时间和是否有其他基础疾病等，最后给我测量了体温、血氧和心率：体温 36.5 摄氏度、血氧饱和度 99%、心率 87。她说心跳快了一点，估计是刚刚从外面坐车进来的缘故吧。

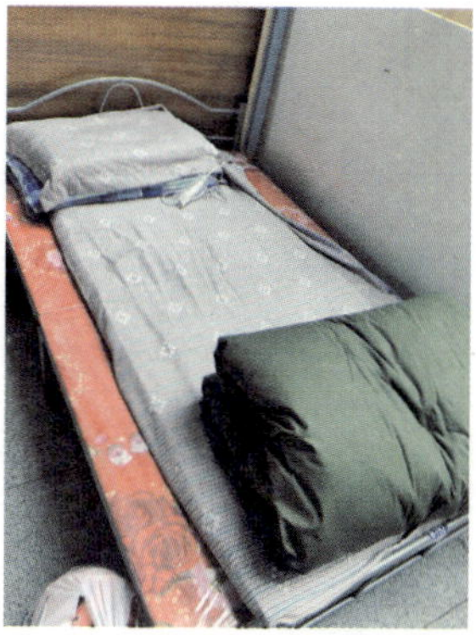

我的床位

护士走后，我环顾了一下四周。在我的床边有一个很大的蓝色储物箱，里面是空的，箱子上面放着每个人在方舱生活所需的基本物品。

摆开来看，有牙刷、牙膏、水杯各 1 个，卷纸 2 个，抽纸 1 包，香皂 1 块，接线板、保温壶、充电器、小台灯各 1 个，眼罩、耳塞 1 盒，拖鞋 1 双，毛巾 2 条，盆子 1 个。

过了一会儿，护士又过来给我发了 3 盒药：1 盒连花清瘟胶囊、1 盒阿奇霉素片、1 盒利巴韦林胶

各种生活用品

囊，还有2袋中药。因为我对中药过敏，所以没有要。

由于我在1月31号以后就没有任何症状，也没有再吃药了，所以我拿着这些药去问医生还需不需要吃，医生也说那可以不吃药了。

回到床边，感觉床有点硬，所以我把那床薄被子也垫在了下面，再将收纳盒上发放的物品都放进了收纳盒，只留了保温壶和抽纸在外面。

收拾完毕。

我来的时候刚好是中午，护士随后送来了中餐。中餐相当丰盛，有葱烧基围虾、腊肉笋子、莴苣烧鸡、豌豆玉米，外加一个苹果。

吃饱喝足以后我就开始了对方舱的探索。

方舱探索篇

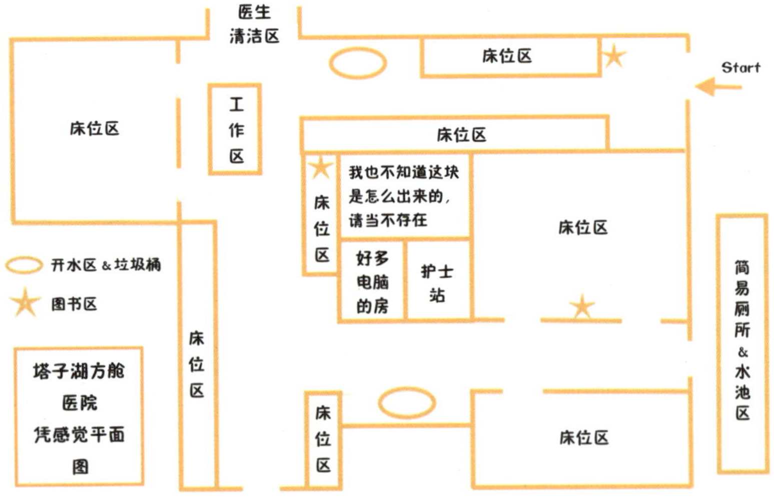

塔子湖方舱的平面图

在转悠了一整天后，我凭感觉画了一幅塔子湖方舱的平面图。

现在让我们来跟着平面图，从入口开始，一起探索塔子湖方舱吧！

Let's Start！

从入口进入舱内，首先看到的是图书区。塔子湖方舱一共有 3 个图书区，这个是最大的。

从小说到人物传记，从历史百科到菜谱编织，从卡通漫画到经济军事，应有尽有，种类齐全。这个图书区陪着方舱里的人们度过了一段宁静的时光。

图书区的右侧是一整排柜机空调，全部开的 28 摄

方舱里的图书角

氏度，在整个方舱内还有很多这样的空调。13 号当天天气也还好，所以里面并不冷，我晚上睡觉时没开电热毯，盖的那床厚被子，感觉略热。

接着往前走，前方是一个临时搭建的医护工作站（区），左右两边被围成了一个个、小的病床区，每个区域里大概有 10 张床。

再往前走，在靠近护士工作站的位置，右手边靠墙处有 5 台开水机和 3 台微波炉，还有 3 个分类垃圾桶。

再走到工作站前，沿工作站的外围放了几把椅子，是给医护人员临时休息用的。

护士站是用木板围成一圈搭建而成，分成了两间房：一间放有电脑、电话、打印

病床区

开水机和分类垃圾桶

机等设备；另一间里主要堆放着要发放给患者的药品和补给的生活用品。

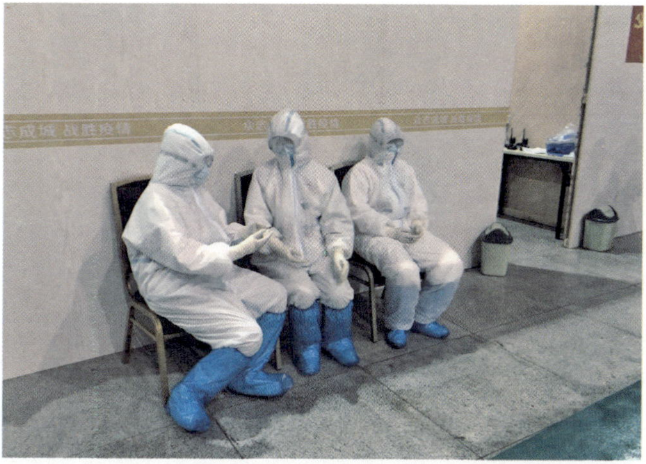

护士们在临时休息处

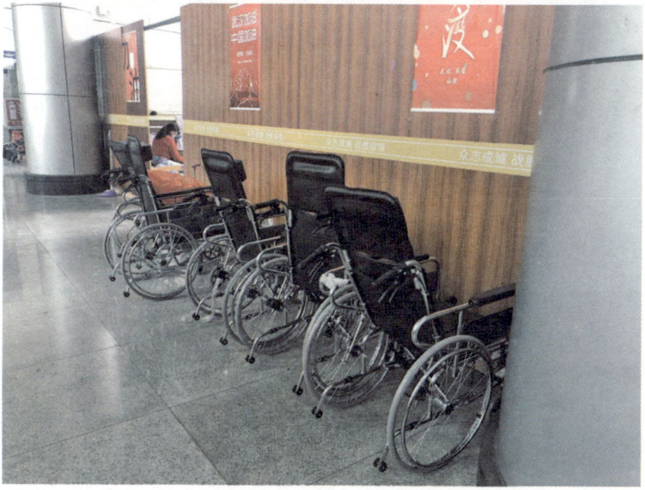

为患者准备的轮椅

在工作站的背面，床位区门口整齐地摆放了一排轮椅，提供给行动不便的患者。

工作站的背后，就是我所在的床位区了。这是一片很大的区域，同样也被分隔为了一个个的独立病区，男女分开，我所在的这个小区域有20来张床。

外墙是一大片玻璃幕墙，可以看到外面的天空，感觉视野很开阔。白天这片区域阳光充足，晚上躺在床上时，还能看到外面的夜空。

透过玻璃幕墙可以看到天空

过了玻璃门，就到 A 区了

我进来的时候，塔子湖方舱才刚刚开舱，所以还有很多空床位。

从这片区域出来往右走是一个连廊，连廊的两边也都安排有床位，这片区域相对冷一点。

连廊再往前走，左侧有一扇很宽的玻璃门。整个塔子湖方舱分为 A、B 两个区，前面介绍的区域全部是 B 区，经过这道玻璃门就是 A 区了。

进去后左边是 A 区的护士站，里面的物品放置和 B 区相同。右手边是开水区，同样有几台开水机、微波炉和几个垃圾桶。

A 区护士站

入住的第三天晚上，我在 A 区还发现了一个光触媒空气净化消毒机，估计是刚到的，还没有插上电源。

A 区比 B 区小，大概有 300 张病床，B 区有 600 多张。整个方舱的内部就走完了。

A 区的床位

从 A 区出去就是简易移动厕所和洗脸池。

厕所的数量是足够的，任何时候去都不需要排队。

让我没想到的是，洗脸池的水居然是热的，不过在洗漱高峰期会有点供应不上，可以选择错峰去。

整个塔子湖方舱就全部介绍完了。唯一的不足就是没有洗澡的地方，这对核酸检测一直未转阴、需要长期住在这里的人不是很方便，希望后期可以改善。

移动厕所

洗脸池

方舱生活篇

方舱的餐食

方舱每天的伙食都不错，三餐都是由武汉艳阳天酒店提供。

早餐一般是面点、鸡蛋、牛奶，午餐和晚餐通常是三荤一素，外加一碗汤或者一个水果。如果没吃饱，可以再找护士要一份。

在现在物资紧缺的武汉，能有这样的伙食已经很不错了。偶尔方舱里还发些零食，比如萨其马和曲奇饼干。

方舱的餐食

入住方舱的人们

根据患者手册上写的收治标准和我这几天的观察来看，目前我所在的这个方舱收治的患者多数和我一样，基本上没有什么症状，但是因为核酸检测呈阳性，还具有传染性，因而都住进了方舱。等我们身体里的病毒完全清除干净后，再解除隔离回家。

我这个区域之前有个大姐一直在高烧，待了两天后被 120 转去医院治疗了；还有个婆婆因为一直胸闷，也没两天就转院了。所以方舱的医疗通道是很畅通的。

可能因为留在这里的大部分人症状较轻、活动自如，所以大家的自发活动也是各种各样。

在方舱的连廊处，有一个每天都会练舞的姐姐。她个子高挑，身材纤瘦，黑色的长发盘在脑后，身着柔软的红色高领毛衣和合身的黑色阔腿长裤、优雅平稳的黑色粗跟高跟鞋。无论我什么时候从那里经过，都能看到她美丽的

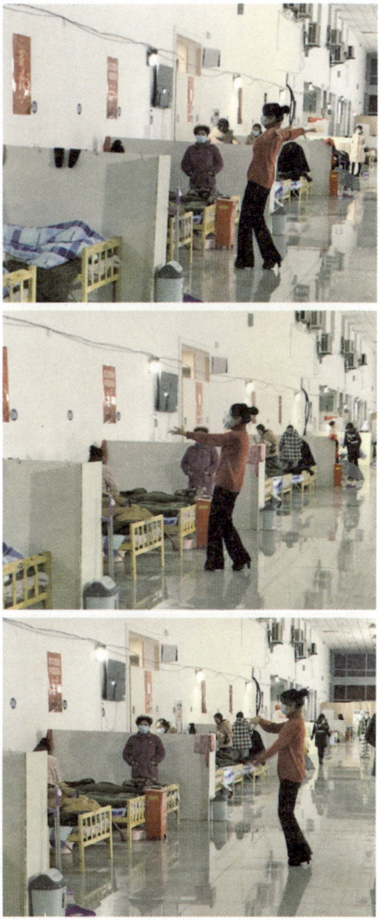

练舞的姐姐

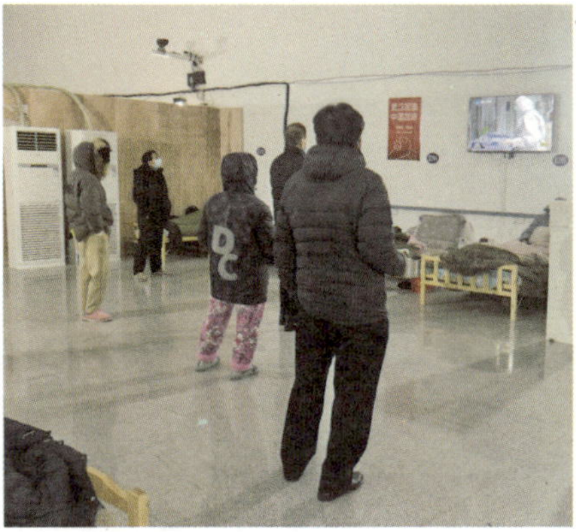

看雷神山医院修建报道的患者们

舞蹈身姿，时而伸展，时而柔美，动作特别的专业。

墙上的电视机里，正放着雷神山医院的新闻。周围的人们全都聚集了过来，认真地看着电视荧幕里的每一幅画面，听着每一句报道。

在跳舞姐姐的对面，一个大叔端坐在桌前，沉心静气地写着毛笔字。身后走道人来人往，旁边墙上的电视机喧闹响亮，但都与他无关，他沉浸在自己的世界里。

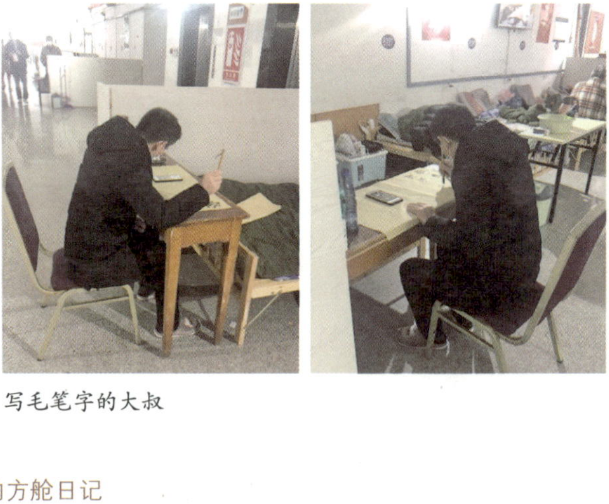

写毛笔字的大叔

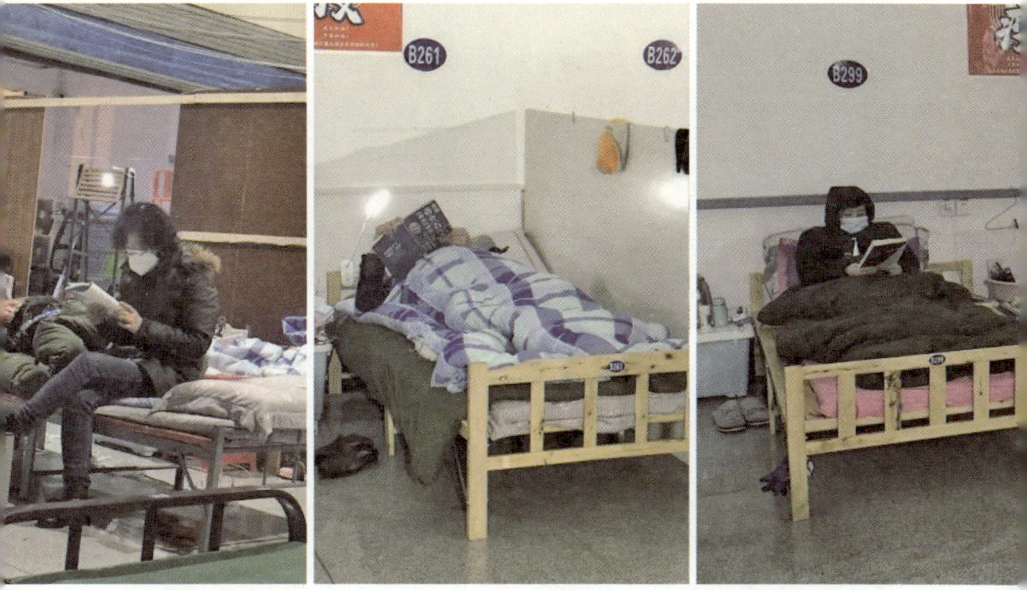

随处可见看书的人们

躺在床上织毛衣的大姐，一针一针，毛线犹如在她手中跳舞；看书的人们，随处可见。

每天大厅都会分时段响起广播，播放一些疫情知识宣传文章和相声小品等节目。然后我发现，只要是放了音乐，叔叔阿姨大哥大姐们就开始跟着节奏摇起来了。此时还都只是个人“独舞”。

“独舞”的人们

方舱里的日子一天天过去，到了第四天的时候，各位散落在民间的“艺人”终于聚集在了一起，组成了一支支舞蹈小分队。这厢的五人韵律操刚做罢，那厢的八人民族舞小团体已开舞，咱离胜利大会师的广场 Party 还会远吗？

大雪后的一个早晨，耀眼的太阳高高地悬挂在了天上，温暖的阳光将方舱的里里外外都照得透亮。大家纷纷跑到外面的空地去晒太阳，活动筋骨。

晒太阳的人们

方舱的生活

晚上，方舱里是不关灯的，不过我们每个人进来时都发了一盒遮光眼罩，所以影响不大，里面还有一对耳塞。

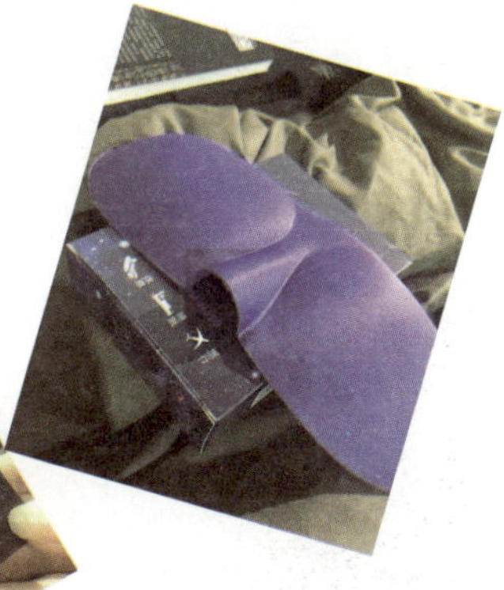

新棉袄

14 号晚上天气预报第二天要降温下雪，晚上就看到护士站堆放着一箱箱的新棉袄和大衣，准备发给大家。

还记得一开始发放的物品里有个小台灯吗？这里晚上是不关灯的，所以我一直很纳闷这个灯有什么用，也从来没用过。

直到第二天晚上看到大姐们拎着台灯到处走，我才发现，原来灯是晚上上厕所的时候用的。因为简易厕所内部无法装灯，门一关就全黑了。

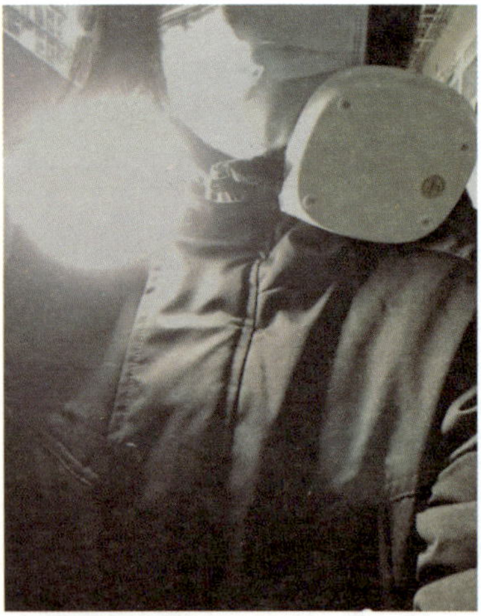

“多功能”台灯

我之前一直都是用的手机电筒，心想这灯跟手机也没区别嘛，还不是要拿在手上，手机的话还可以临时放荷包里。

直到我看见了一个小哥哥的“神操作”，当时没来得及拍下来，我来演示一下。

台灯的灯杆是可以弯曲的，如果直接挂在脖子上，就能解放双手，瞬间变成行走的移动光源！

这才是带着台灯上厕所的正

确打开方式嘛。

入舱的第二天，护士站的墙上贴了一张温馨提示。

从提示来看，家人是可以送东西进方舱的，但武汉施行小区封闭管理后，车辆不能上路了，对于普通民众来说，除非是住塔子湖旁边，家人可以步行前往，其他区域的想送东西就不太方便了。

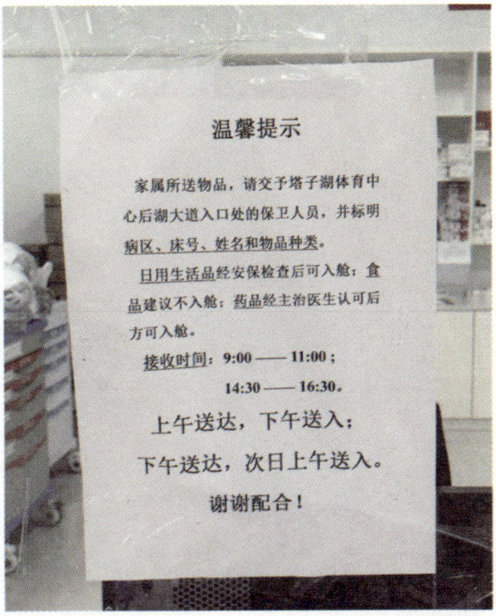

护士站的温馨提示

我进来的第三天中午，核酸检测设备到了，以后方舱的患者可以直接在舱内做检测了。

能够做核酸检测的标准是，症状全部消失超过一周。每天下午医生会逐个通知第二天做核酸检测的人。

第四天，制氧机到了，是中国煤矿尘肺病防治基金会和沈阳爱尔泰科技有限公司捐赠的。另外，CT 机也在调试中了。

晚上发了抗疫心理自助手册，大赞！这个时候，患者也好，医护人员也好，心理疏导都很有必要。

方舱的工作人员

塔子湖方舱里，来自天津的医护团队人数最多，其次是河北的团队。我所在的 B 区，基本是由天津的团队负责的。

特别喜欢她们“带卷儿”的普通话，很亲切。从这几天的相处和观察看到，她们每一个人都很主动地去照顾患者，去为患者考虑要做些什么，真的很感谢她们！

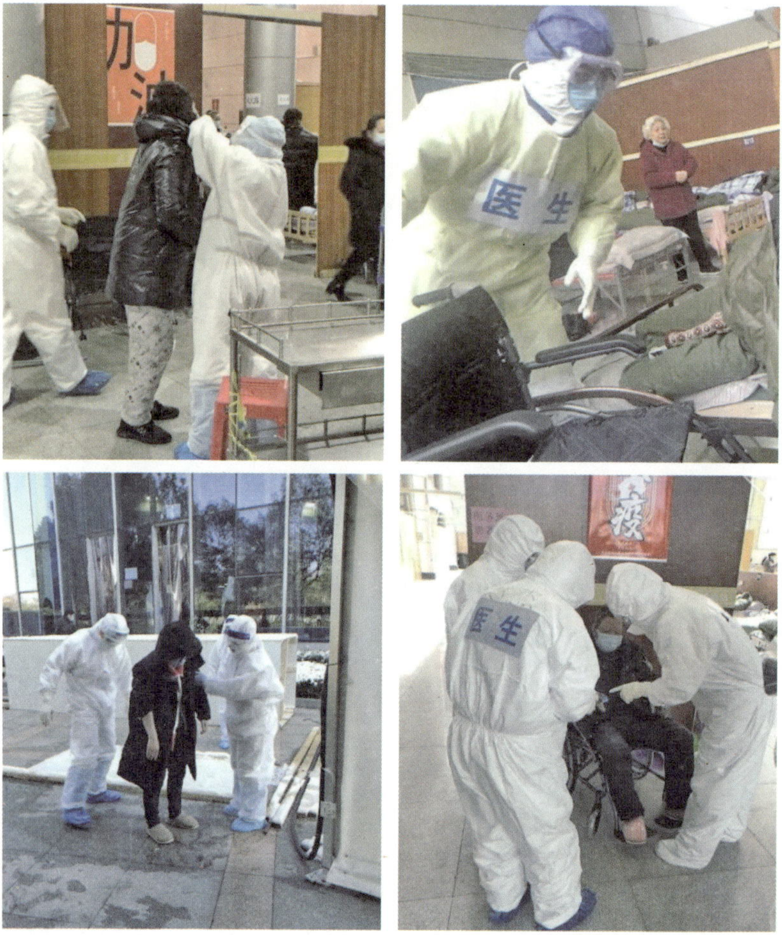

医生在帮助患者

交接班

每次交接班的时候，是护士站最繁忙的时候。护士们是在护士长交接以后，再接受护士长的工作安排。医生们则聚集在一起，认真地拿着小本本记录着。

交完班的医生和护士会来到清洁区的门口，为了避免同一时间进入清洁区的人数过多，医护们有序地站成了两排，一个个地依次处理身上的衣物。

清洁区的医护们有序地站成了两排

每个医护人员的标准着装是：身上一件医用防护服、一层鞋套，一件一次性防护服、一层鞋套，依次叠加，医用口罩两层，最后戴上护目镜或面部防护帽，还有手套。

然后在外层防护服的胸前和背后都会用笔写上来自的地区和医院名，是医生还是护士，以及自己的姓名。

来自张家口医护团队的灵魂画手画的热干面，大家看出来了吗？

每次交接班离开时，清洁区门口会放两个装满了消毒液的塑料桶，护目镜和防护帽脱下来后会放到桶里集中消毒，以备下次使用。最外层的防护服和鞋套脱下来后会丢弃到医疗废物垃圾桶。

脱到最后身上还有一件医用防护服、一层鞋套时，就可以进入

一群“大白”

清洁区继续处理了。

我观察发现，只要他们脱下一件物品，就要用消毒液搓手 2 分钟，即脱完护目镜、口罩、外防护衣、外鞋套，一共要手消毒 4 次，最后进入清洁区前还要消毒 1 次。

所以一个医护完成整个流程，至少需要 10 分钟，整个交完班的医护团队排队做完至少需要 1 个小时，之后他们才能全部走出隔离区。后来跟护士聊天得知，她们全部交接完到酒店实际要两个小时。

方舱里的清洁人员在每天的三餐过后都会更换垃圾袋，清理地面积水，清扫地面污渍。

装得满满的有半人高的硕大黑色垃圾袋，保洁员们人手拽着两个，用力地拖着走过连廊，直至室外的垃圾集中存放处。

方舱的厕所每天早上和下午都会依次从里到外洗个大澡，有了

清洁方舱厕所

电工师傅刚处理完一处电路故障

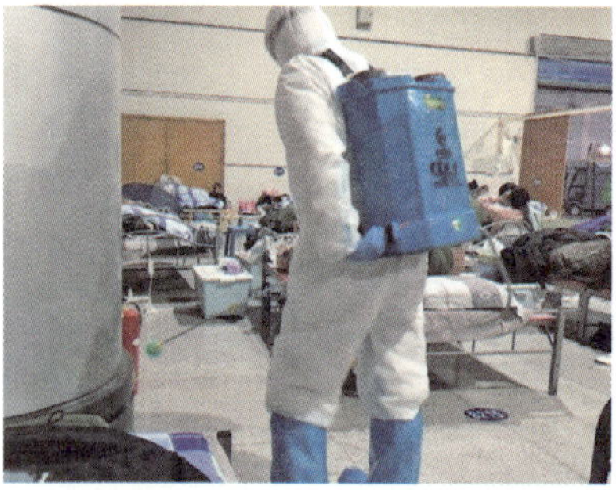

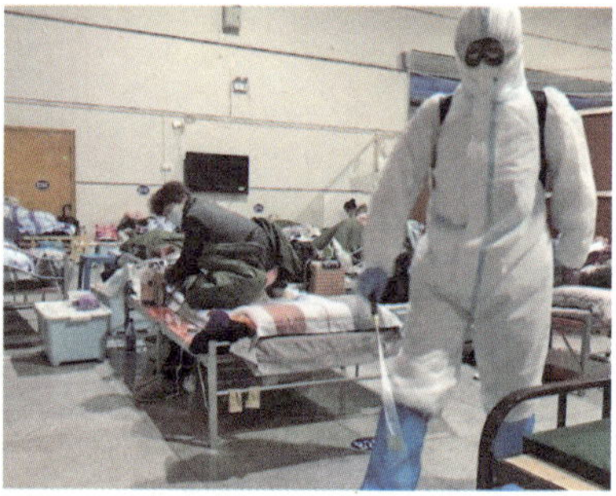

工作人员定时对病区进行消毒

电暖炉被送到室外帐篷里

威力十足的高压水枪，什么污渍都跑不掉。

在我来的那天晚上，看见一个医生提着个电暖炉走了过来，我就跟在了他后面。

一开始我以为他是给哪个患者送的，一路跟去才发现，原来他是给室外帐篷里的医生和护士送的，就是刚开始我进来登记填表的地方。这么冷的天，护士们一直坐在外面做入舱登记工作。

防护栏上的小雪人

15 号，飘雪后的方舱外，一片白茫茫。

应该是方舱门口执勤的工作人员，在防护栏上堆了个小雪人，让人感觉莫名的“小确幸”。

2月19日

我在塔子湖方舱的7天生活全记录（下）

方舱里的集体生日会

17号的中午，在天津医护团队的策划下，在这个特殊的时期，在方舱这个特殊的地方，举行了一场隆重的生日会，寿星们是全舱2月份过生日的朋友。

生日会上有一个超大尺寸的仟吉蛋糕，另外每个寿星都会再单独发一个8寸蛋糕。

特别的生日会

人是群居动物，除了基本的生活需求外还有精神需求，特别是现在身处武汉的人们。

这次的疫情，这次的方舱模式，对医护、对患者、对医患之间，都是陌生的，未知的。

这次的生日会就像一次情感的破冰之旅，拉近了彼此的距离。病友们不再是只有不舒服时才去找医生，医生们也不再因和患者的关系而紧张，因为一切皆可交流。

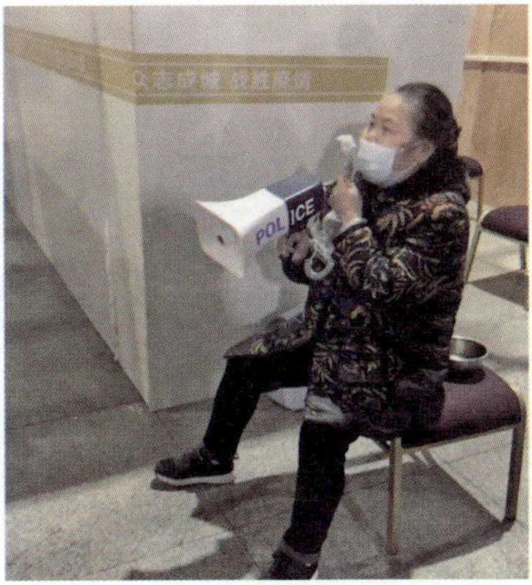

主动维持秩序的患者

之前，有些人图方便就在开水区这里洗漱，导致地上有很多积水，护士多次劝阻，效果不明显。

而生日会这天晚上，一位热心的大妈，主动接过护士手里的广播喇叭，拖了个凳子过来坐定，一连串气势恢宏的武汉话脱口而出：

勒里滴开水是接到 huó 滴，不是洗口用滴，洗口到外面克洗，把个水泼到地哈到处是滴，黑死个人滴。再说一遍，这里不紧泼水，要洗到外头克洗！

（这里的开水是接着喝的，不是刷牙用的，刷牙去外面刷，把水泼在地上到处都是，吓死人的。再说一遍，这里不准泼水，要洗漱去外面洗！）

比起护士的温柔提示，大妈威力十足。

生日会的第二天，由舱内病友担任的志愿者团队也组建起来了。

护士和上文提到过的每天练舞的姐姐开始教大家跳舞。等音响到了，咱们的广场舞就要搞起来了，我这个区的婆婆们都开始跃跃欲试了。

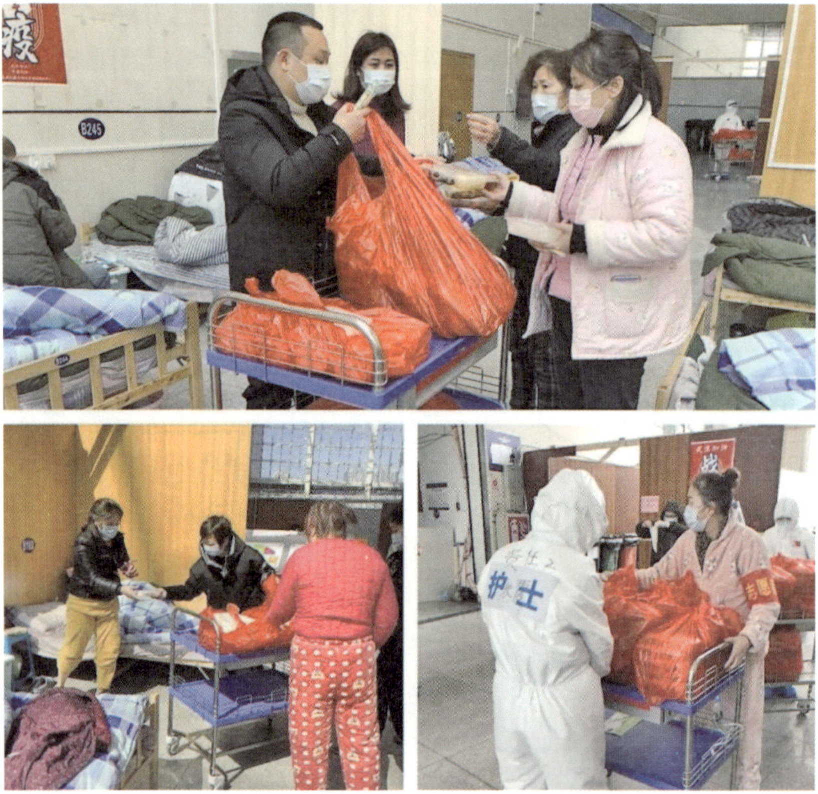

志愿者们帮助护士给各个区域发放餐食

护士和志愿者姐姐教大家练舞

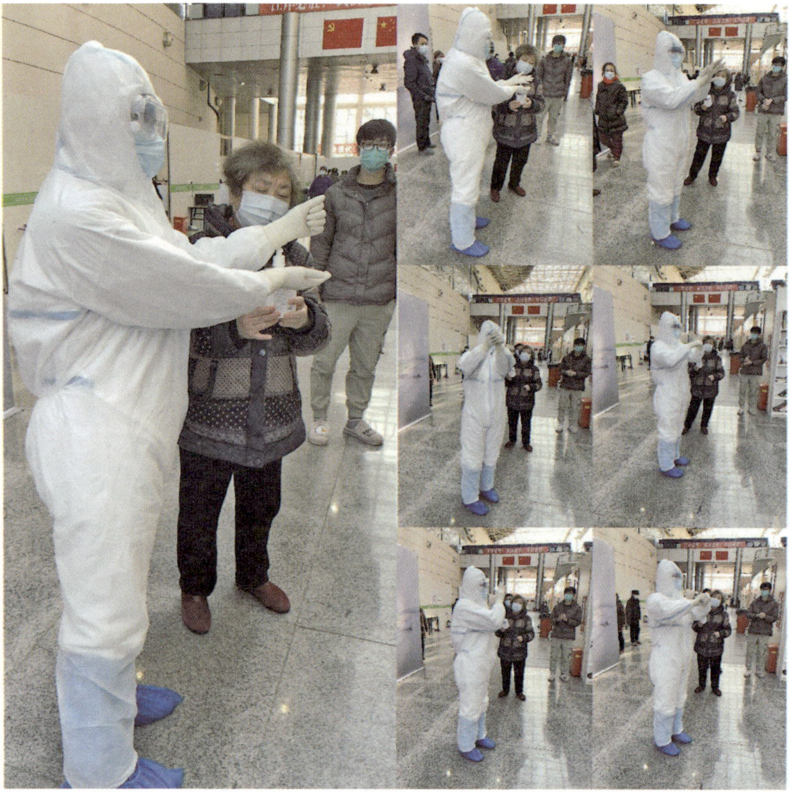

“七步洗手法”现场教学

舱内有很多消毒洗手液，护士教志愿者团队“七步洗手法”，再由志愿者们传授给身边的人。

方舱就像是一个临时组建起来的社区，大家都参与到日常的工作中来，让整个舱内的气氛活跃起来。这对这个时刻的心理调节有很大的作用和意义。

在护士坐着休息的时候，我跟她们聊了一会儿。

一个天津北辰医院来的护士跟我介绍，她们每次进来就不吃东西不喝水不上厕所了。虽然是 6 小时一班，但是前后穿脱防护服很费时，往往可能在交班点后 2 小时才能回到酒店，然后才能吃饭，再将里面穿的医用防护服清洗消毒，下次班再穿。

天津一医院一个医生说，她们都是第一次参加这种形式的救援，一切都是在慢慢摸索，一边做一边完善这里的一切。她还让我收集周围人的意见，各个流程、环节有哪些地方需要改进。她还询问我们喜欢什么样的娱乐活动，希望能够把方舱变得越来越好。

对了，她就是那个策划生日会的人。

不过医护们普遍的反应是，方舱里年纪大的人说话听得不是太懂。（笑）

每日流程篇

这里的每个医护团队是隔一天排一次班。每天 4 班倒，6 小时一班，交接时间依次是 8 点、14 点、20 点、2 点。

交接班时医护们是非常忙碌的，如果有事要找医生护士，要尽量避开交接班的时间。

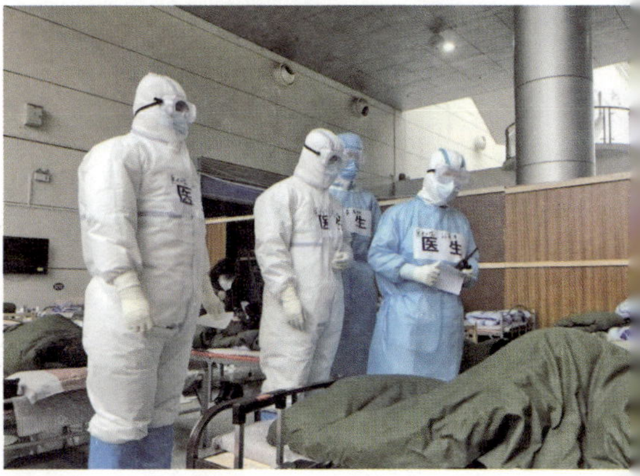

医生正在询问患者病情

每天护士查房的大致时间依次是 6 点、9 点、16 点、

22 点。

10 点左右会有医生过来巡检，询问病人情况。

上面说的是每天的例行巡检，如果有症状严重的患者，比如高烧不退的，医生和护士就会很频繁地单独过来询问身体状况，一直不见好转的话，就会安排 120 转送医院。

每日三餐的送餐时间大概是 7 点、12 点、18 点。

下面是每日的流程图，更加直观。

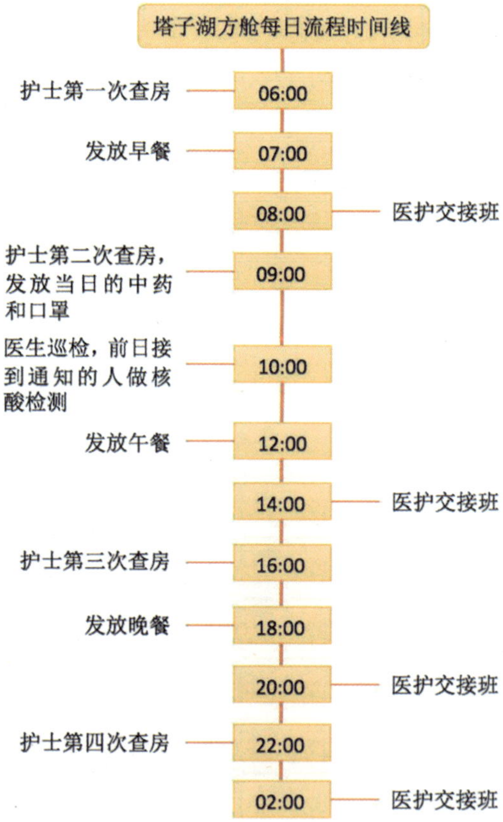

一个方舱医院的建成并不是搞几个隔断、摆几张床就成了的，让它运转起来也不是收一些患者，派几个医生过来就完事了的。

在这么短的时间内，让可容纳 1000 人的医院，从建成到每天有条不紊地运转下去，并且还在不断地完善，需要的是多方的人力物力的协调支持。

从一开始没有广播，到餐点广播，到平常时段也偶尔放点歌；

从只有基本生活保障设施，到有空气净化消毒机，到开始发放针对疫情的心理辅导书籍；

从只是正常的餐点到开始增加发放零食；

从只有隔离居住功能到开始核酸检测，再到可以做 CT；

从一开始每天只能吃饭睡觉到各种活动越来越丰富……

这一切都在慢慢地越来越好。

从我进来至发文的前一天，方舱每天都在发生着变化。

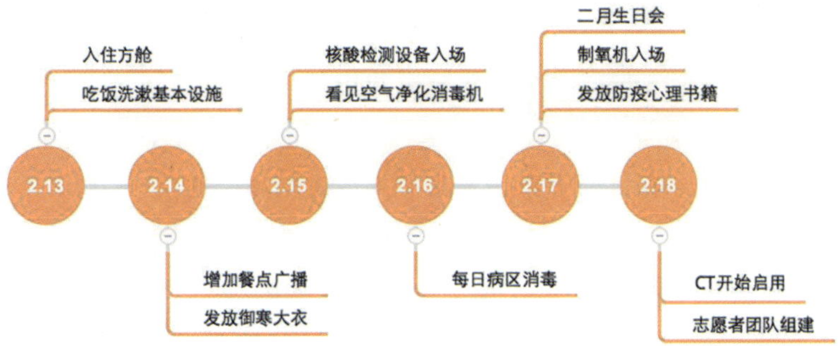

我想说的是，既然我们来到了这里，每天生活在一起，生活环境也是需要我们大家一起来维护的。

我们共同的敌人是病毒，我们隔离在这里只是为了更快地战胜病毒，让我们的社会尽早地恢复正常的生活秩序。

大家都舍不得天津的医护团队

方舱的生活可能没有家里方便，但在当下我们只有同医护人员与工作人员相互配合，才能更快地打赢这场战役！

不是每个人都要成为英雄，但我们每个人都是抗疫的一分子。

截至发文的时候，才知道塔子湖方舱二楼的病区开放了，从进来到现在一直负责我们区域的天津的医护们都调到二楼去了，大家都非常非常舍不得。

大家都争相邀请护士们疫情过后到武汉来玩。

一个婆婆说，不要你们钱，全部费用我们包了！

我的眼睛也湿润了。

3月1日

从方舱出院啦！重返“校园生活”

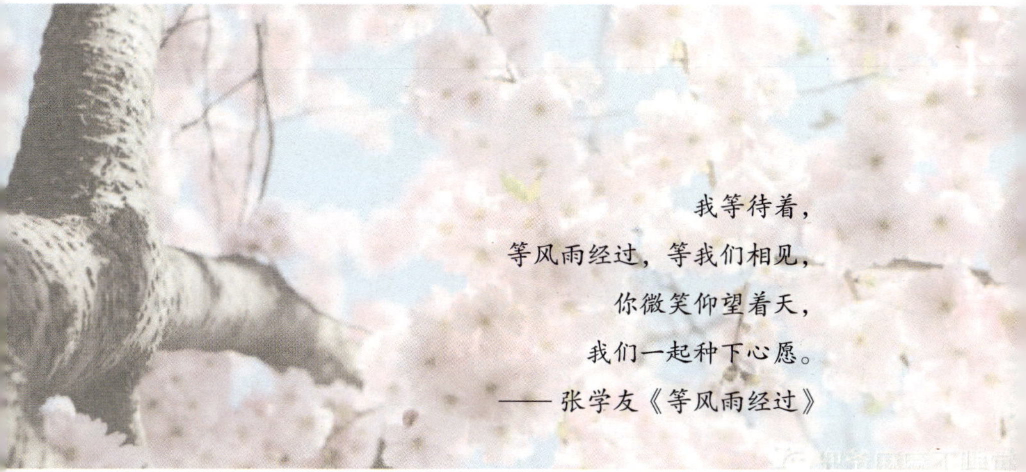

方舱最后的时光

上篇文章发出时的19号，是我进入方舱的第7天，当时我已经做完了两次核酸检测。第一次结果为阴性，第二次结果还未出来。

> 《方舱医院患者手册》上的出院标准
>
> 患者经过治疗后病情好转，并同时满足以下条件：
>
> （一）连续3天以上体温都不超过37摄氏度；
>
> （二）呼吸道症状（咳嗽、胸闷等）明显减轻或消失；
>
> （三）胸部X线检查（胸片或胸部CT）和上次相比明显好转；
>
> （四）连续2次（间隔至少1天）咽拭子检查正常（新型冠状病毒核酸检测结果为阴性）。

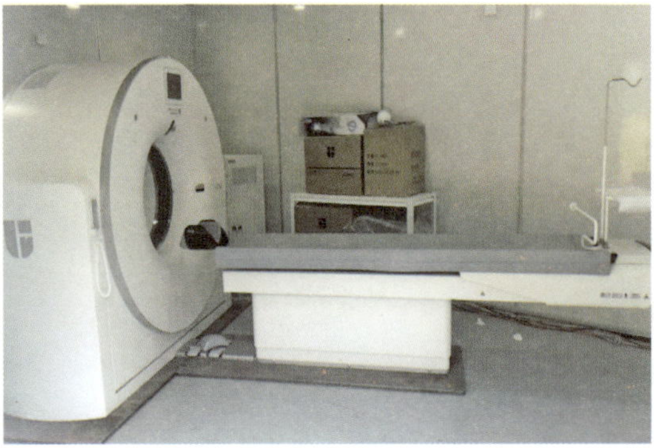

排队做 CT 检查

根据方舱患者手册的出院标准，我还差一次核酸检测的结果和一次 CT。

22 号，医生通知我去做 CT。临时 CT 室在室外，从我们当初进来登记的帐篷出去左手边。

一会儿就轮到我了。躺上去后，我一直在等着提示音告诉我“吸气……憋住……”然而一直都没有声音。我竖起耳朵，不停地搜寻，怕我没听见影响了结果又要重做，紧张死了。

然后，就做完了……

我下来后问医生，医生说这里不用憋气……

这位大叔，我只想给你疯狂地“打 call”

方舱内，依然充满活力。

“广场舞”的队伍终于成行，沿路吸引“人才”，不一会儿，从一条队伍轻松地扩充到两条。

扩充了的“广场舞”队伍

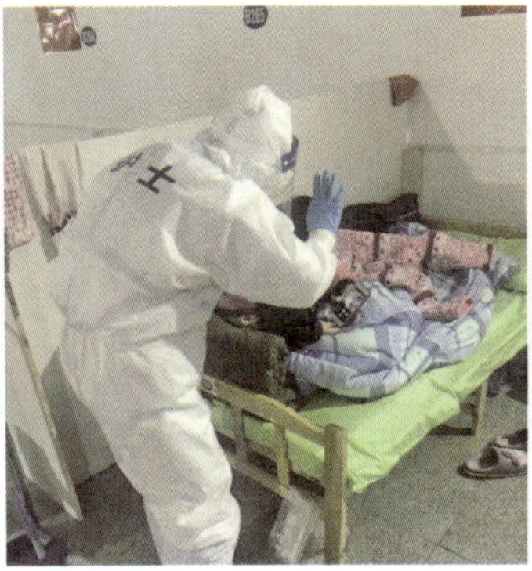

哈喽！小宝贝！

保洁哥哥们的装备也升级了，从开始的“两手拖”到现在的“有车一族”了

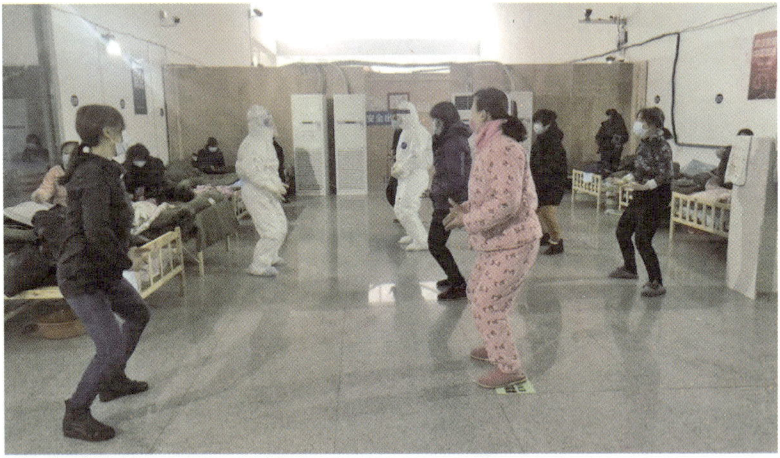

气功？太极拳？八段锦？

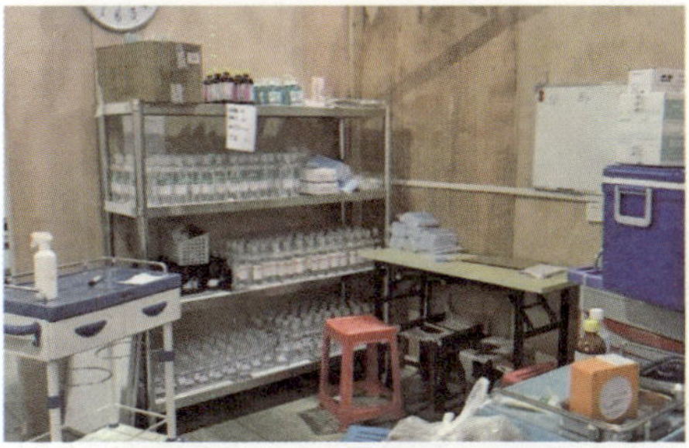

置物架，装起来

美少女战士们给家乡的人录视频报平安

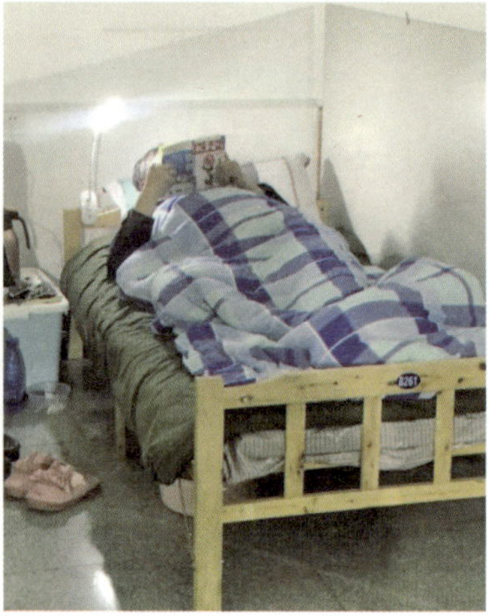

还记得上篇文章里那位看书的大叔吗？他已经看完了那一本，换下一本了

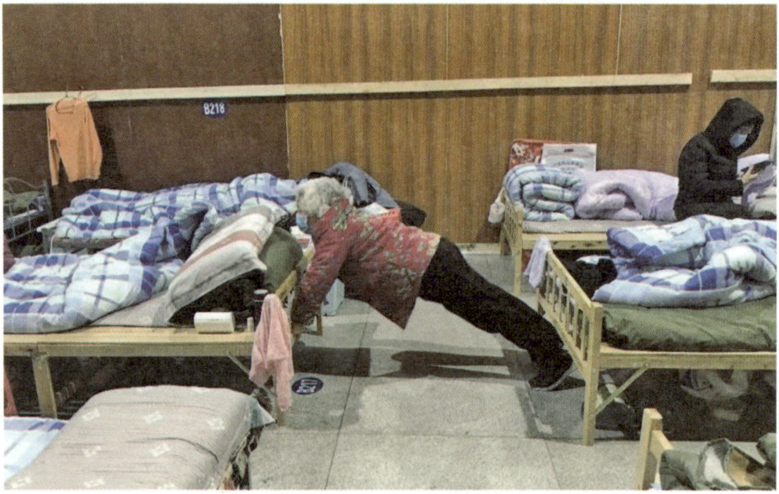

我这个区域里 76 岁的婆婆，每天早上定时做俯卧撑，我既佩服又担心

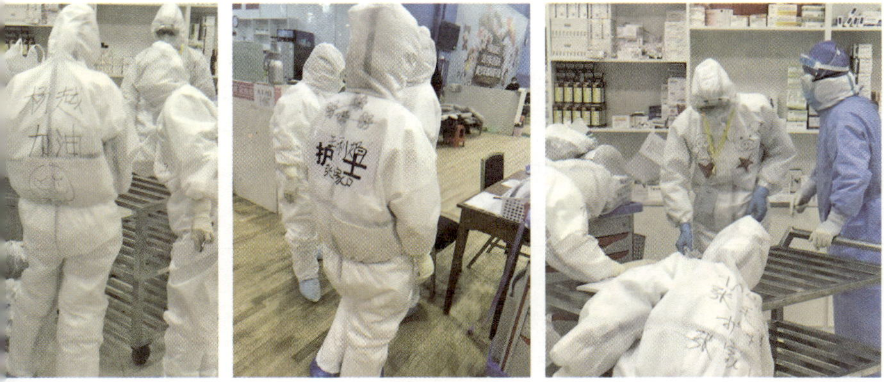

请问，张家口的医护们都是有医学和美术双学位吗？继上次的灵魂热干面之后，继续“推陈出新”

我走后，听还在方舱里的朋友说，现在已经开始有 T 台秀和 K 歌赛了。

下图是 22 号下午出院去学校隔离点的人们。没想到的是，第二天我也突然加入了这个队伍，有点措手不及。

去学校隔离点的人们

突然的别离

之前达到出院标准的患者是直接回家的。22 号时，根据新政策，所有出院的患者需要再统一集中安排隔离 14 天才能回家。

我非常赞成，目前这个病毒还有许多东西是未知的，将感染患者逐级降低隔离等级，对自己、对家人都是好的。

23 号，早上 10 点。

来查房的医生告诉我，我的第二次核酸检测结果出来了，也是阴性，昨天做的 CT 结果需要上报给专家组评估，看吸收情况，才能决定我能不能出院。

当天下午，一个负责我这个区域的河北护士小姐姐跑到我床边，问我是不是方舱那篇文章的作者。

在得到了我的肯定答复后，她立刻很开心地跟我说："卷妹儿走了，庄里的妹子来啦，我们河北的护士也会照顾好你的啦，别伤心啦，别伤心啦。你看我们说话也带卷儿呢。"

一连串竹筒倒豆子似的，我当时一下子还没反应过来，对她笑了笑。

回过神之后，我才知道这就是那个在我上篇文章发出后，在我公众号后台留言的她。

Ss

卷妹儿走了❓庄里的妹子来了！别伤心💔，把手给我们🌹

河北护士姐姐在我公众号上的留言

一股暖意涌上心头。

然而一个小时后，还是她，走到我床前跟说我：“恭喜你，今天可以出院了，赶快收拾东西吧。”

平静的语气里似乎不曾有喜悦，是因为我没有喜悦，所以没听出来？还是她没有？还是我们其实都没有？

我惊讶之余开始机械地缓慢整理物品。一个护士过来，说车已经在外面等着了，让我稍微快一点。

周围的大姐们知道我现在就要出院后，都热心地过来帮我收拾，还担心我要去的新隔离点环境不好，没有被子，没有盆子，没有保温壶，所以找来个大袋子，给我把方舱里发的这些一股脑儿地都塞了进去。我的东西迅速地全部打包完毕了，她们还一直提着，帮我搬到了车上。

这一切来得太突然了，我还来不及思考任何的事情，来不及有任何的情绪。接到通知 15 分钟后，我已经坐在了去隔离学校的公交车上，大脑一片空白。

其实，这应该是一件开心的事，我在医学意义上是真的好了，我应该再次嘚瑟地宣布——我战胜病毒了。

然而，我却怎么也开心不起来。

我，还没有告别。

我从来就没想到过，这次方舱的经历会给我带来这么多。

今天早上，一个天津的护士朋友还在微信上跟我说她今天是夜班，晚上到楼下来看我。而她们也都早早地跟我约定好了，我出舱时一定要来送我，要跟我拍照合影。

而现在，我已经坐在了离开的车上。

我坐了好久好久，麻木地刷着微信里的消息。

点开她的头像，看着输入框。

良久，我才假装没事似的，用埋怨的语气，用表情符号，隔离着我的情绪，告诉她我走了。

她回复我，要我不必伤感。

她回复我，等全国好了，等我去天津玩儿，带我去吃津菜，带我去听相声，带我去逛五大道……

我当时就看到她的回复了，却迟迟无法继续回应。我不敢再去触碰，我怕我情绪的堤防就此崩溃。

我，还在车上。

后续更多的消息发来，原谅我没有给你们及时的回复。

我关上了手机，默默地流眼泪。

还有一个朋友，因我上篇文章而在方舱结识，虽然相处时间不长，而此刻我却连告诉他的勇气都没有。

我知道现在交通和通信都很发达，我知道我们可以随时发信息、打电话。但有时候，并不是事情本

天津护士姐姐给我的留言

告别方舱医院

身有多么的让我们无法接受，而是这件事所承载的情绪，压得我们喘不过气。

而此刻，面对未完成的告别，就让悲伤的情绪先飞一会儿吧。

重返校园

大约 1 个小时后，公交车到了武汉市仪表电子学校，即长江职业学院东校区。

每个区出院的患者都由各个区自行统一集中安排隔离点，江岸区出院的都在这里。

漫长的排队等候之后，晚上 8 点，我终于来到了隔离宿舍区的门口。

为了避免入楼登记时人群聚集，大家下车后排起了长队，5 个 5 个地进去登记入住信息。

一楼进门处装有生活用品的箱子依次排开，有牙刷、牙膏、毛巾、凉拖鞋、卷纸，自行领取。

宿舍是每人单独一间，房内带卫生间，有热水。

坐在公交车上，在学校门口等待

到了宿舍区门口

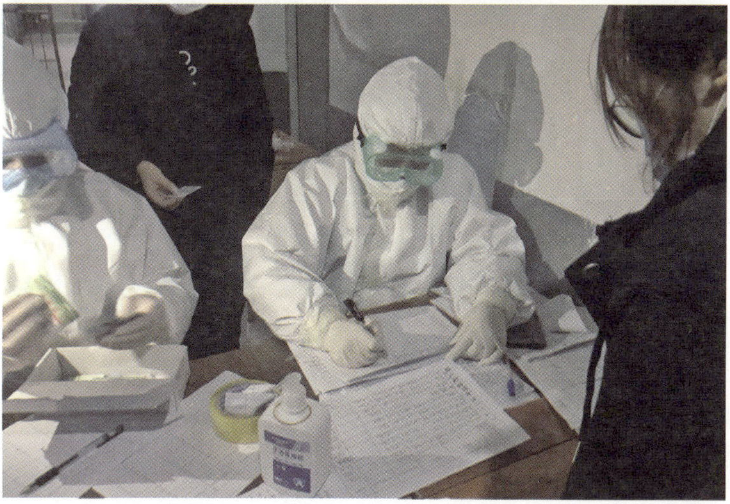

登记入住

一楼放有生活用品

房间内放好了床垫、被子、枕头、电暖炉、盆子、开水壶、垃圾袋、洗手液，都是新的。

每间房的房门都没有锁，要拿凳子顶住。

终于可以洗澡了。

第二天，一个热心的小哥开始组织大家建群，有什么消息也方便集体通知。

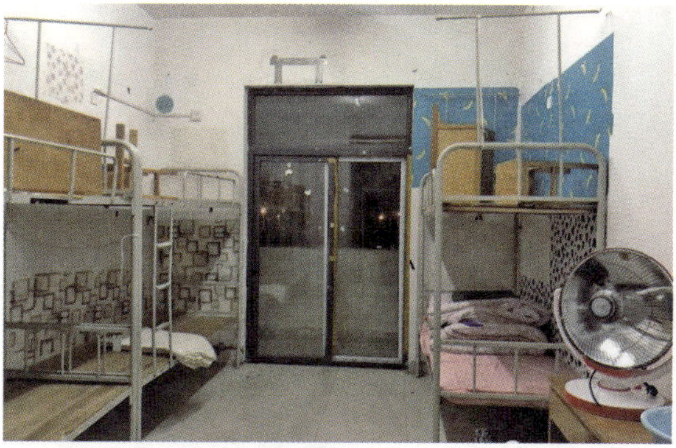

我的“宿舍”

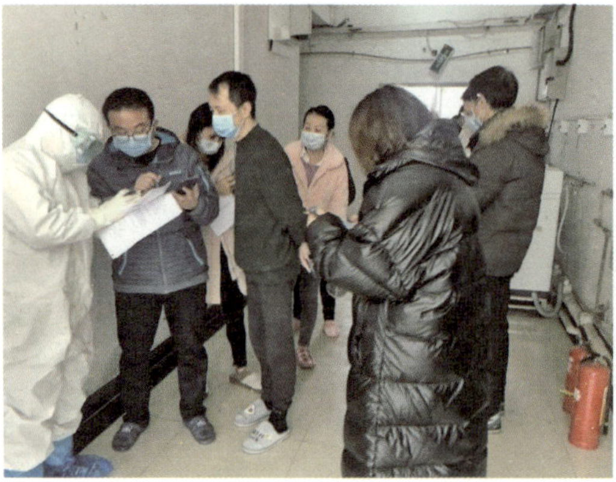

大家为了确定群名站在走道里聊得热火朝天

这个群名的确定还颇费了一番周折。

一开始小哥命名为“患者群”，大家直嚷嚷，觉得不妥。接着又改成了“病友群”，反对的更多，说我们都已经好了。

然后小哥就改成了“社会群”，我觉着听起来怪怪的，说要不就叫“重返校园生活群”吧。

最终，咱们“重返校园生活群”就这么定下来了。

大家都是头天晚上刚到这里的，楼栋号也是傻傻分不清楚，从 11 栋改到 19 栋

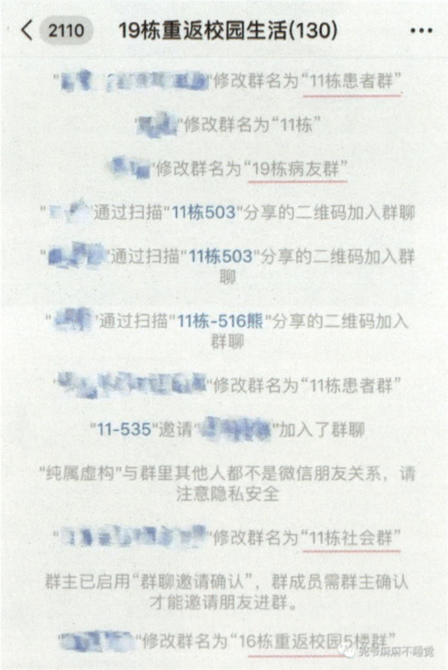

几经修改的群名

站在阳台上向外望去，视野开阔

再到 16 栋，现在看这图才发现又改成了 19 栋……

回到我的房间。

我这儿是个六人宿舍，带一个阳台，楼下是一个废旧的驾校，再往外是关豹高速，前方视野开阔，我很喜欢。

经隔壁的隔壁的隔壁的小哥提醒，我站在房中央，打开手机指南针。

哇喔！原来我住的是一间南北通透，独立卫浴带阳台，视野无遮挡的路景房哇！很厉害的样子！

毛巾当拖把，蹲在地上把地面擦得亮堂堂，在家都没这么干过。

手机里的指南针

亮堂的宿舍，静悄悄的走廊

可能是因为我们都是痊愈出院的患者，所以在这里可以出自己的房门，在走廊溜达，但是不能出这栋楼。

宿舍走廊多数时候都是静悄悄的，大家都各自在自己的房间里。

本来只是想看一看周围的情况就回房间的，想着宿舍楼里每个地方都一样，也没什么好溜达的。结果无意中，我发现了贴在宿舍门上的“精彩”，原来这所学校是藏龙卧虎之地。

短暂的大学青春时光，嬉笑怒骂，皆成文章。

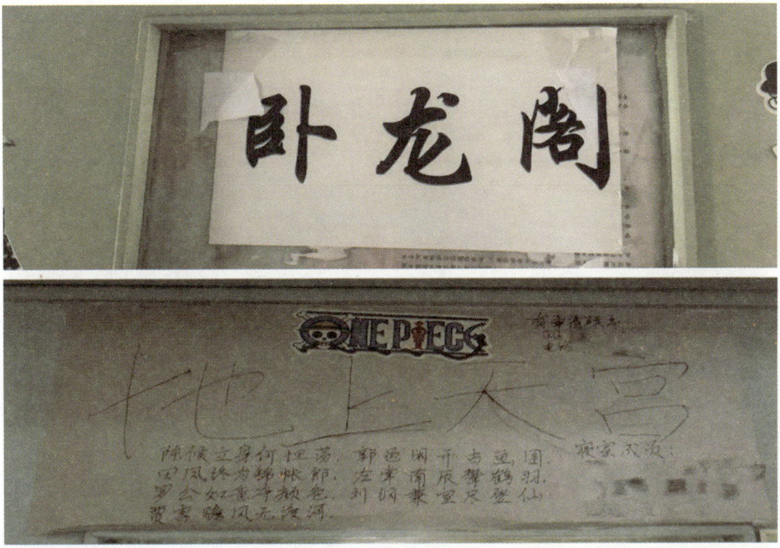

不明觉厉型

坚强地活下去，学弟们！——来自四生花男神的忠告

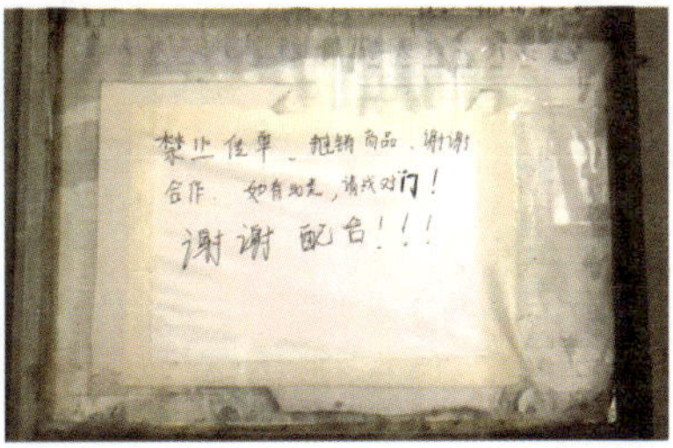

这个……你对门的兄弟知道吗？

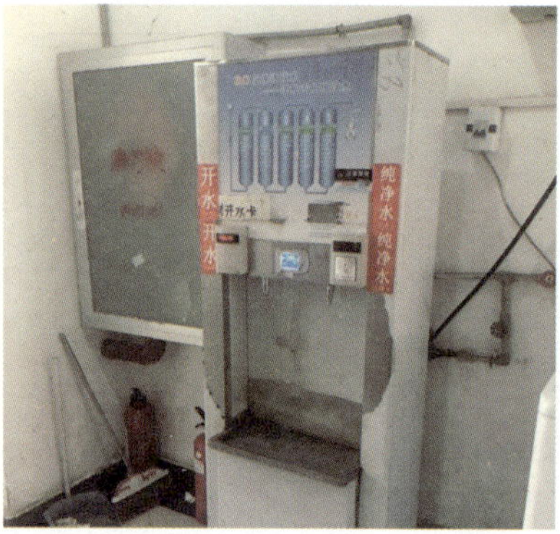

楼梯口的开水机

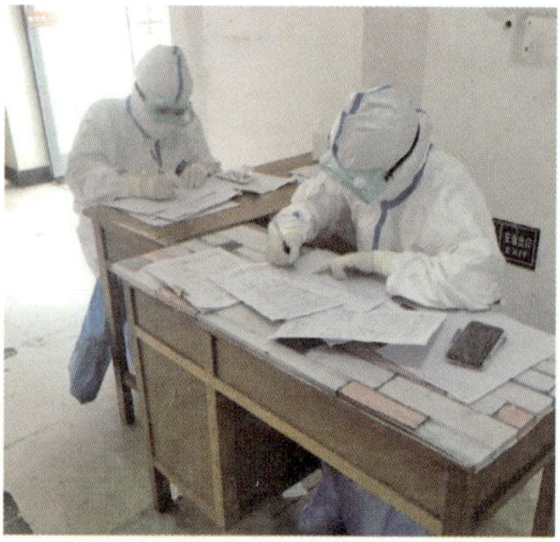

一楼的护士们

接着走到楼梯口，每层楼都有一个这样的开水机。

下到一楼，这里 24 小时有护士值守，每天都会测量体温和发放中药。

听她们介绍，她们都来自武汉弘济骨科医院。

在我来的第二天晚上，有工作人员来装 WiFi 了，从晚上 8 点一直忙活到半夜 12 点。

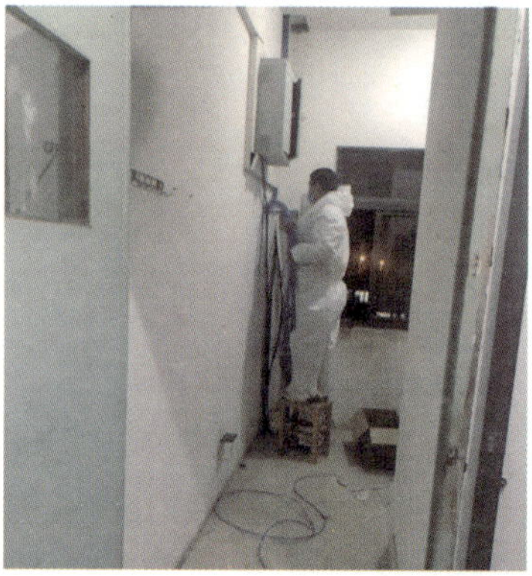

为大家装 WiFi 的工作人员

不过我这间房里面的信号不太好，但在房门口还不错。不是刚好放了个凳子抵着门吗？于是刷剧的日常——哦，不，学习的日常如图所示。

找到了一个上网的好位置

学校的餐食

这里刚开始人手不够，每天三餐送餐的时间都很晚，现在也慢慢有了改善。

两荤两素，每天也有水果和酸奶，在现在这个情况下，已经可以了。

但是，毕竟咱是被我塔子湖“舱爷”宠过的人，由俭入奢易，由奢入俭难哇。

不过呢，值得欣喜的是，这也终于让我的肚子有了空闲之地，能把离家时带的一大包零食给逐一消灭了。毕竟，“舱爷”一直没有给我这个机会。

呼吸着外面新鲜的空气，看看远处的风景，悠闲的下午茶开启。

什么植脂末、反式脂肪，什么高 GI、戒糖，现在我只要我的奶茶就好。

学校宿舍的环境虽然没有酒店和方舱的环境好，但也不妨碍咱们自娱自乐不是吗？

咚！我听见有什么轻轻落地的声音。

写在最后

我们都是抗疫的一分子，但，我们也都是疫中人。

随着全国各地的医疗团队和物资的持续支持，武汉医疗资源的紧张程度，相比刚开始的时候，已经缓和了许多，分类收治和医疗秩序也日渐清晰。

而当我们解决了自身面对的最大危机时，当我们身边的环境显得不再那么的未知和不确定时，每个人，突然就有了空间，去感受自己的内心。

在这场疫情里，有足不出户隔离在家的普通市民，有一直在外到处奔走不停歇的志愿者，有以一当十的社区工作人员，有一直撑在一线的医护人员，有给我们带来各种前方报道同时也身在前方的记者，有为了社会生活能正常运转而同样坚守在一线的警察、环卫工、超市员工、外卖小哥，更有身在异地他乡却一直无比牵挂家乡的很多武汉人，还有感染患者及他们的家人……

同处疫情之下，每个人都会有他自己的经历，有他自己要去面对的东西，或轻或重。

当周遭的一切都趋于平缓以后，当我们不再那样感觉危急和忙碌时，当紧绷的神经放下来时，当没有那么多紧急的时刻牵动着我们的情绪时，自身的体验感，会一一出现。

等待是漫长的。在漫长的坚守中，将目光拉回到当下，我之前一直在做着什么，我现在正在做着什么，我能够做的是什么。

哪怕再微小，也重要。

疫情的结束需要时间，社会恢复正常的运转需要时间，而我们自己的心灵更需要时间。

风雪过后，我们爱的武汉，会依然温暖如初。

今天是 3 月 1 号，听说，武大的早樱，悄悄地盛开了。

3月20日

我成为新冠肺炎康复者血浆捐献者

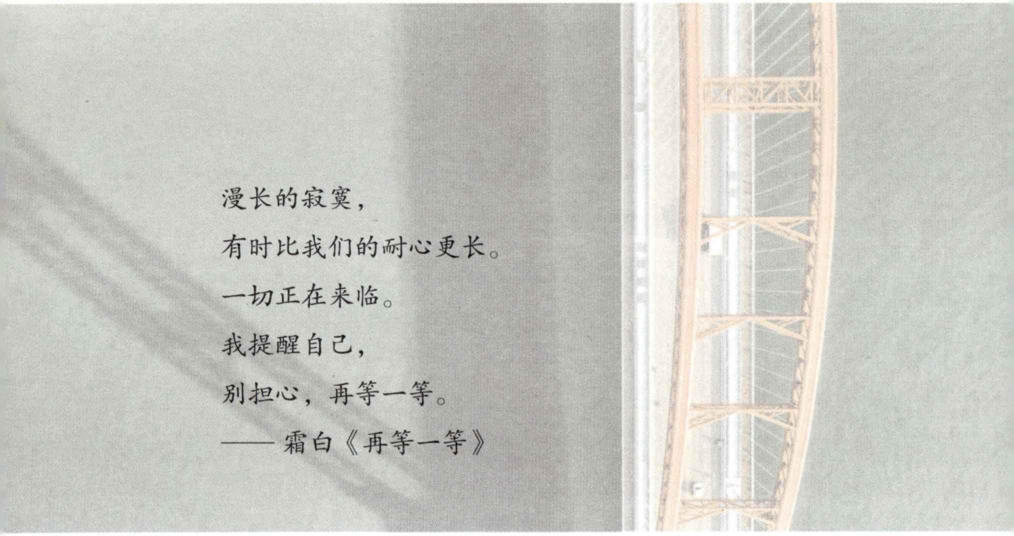

（摄影师：CHACHA）

14天的学校隔离生活转瞬即逝，想想从1月23日武汉关闭离汉通道到现在，已经过了两个月了。

原来，不忙碌的日子，也会过得这么快。

在学校隔离的14天期间，我们每个人又检查了两次核酸，整栋楼都是两次全阴通过。

3月8日，“女神节”这天一大早，我们第一批进来隔离的人收到了一份最好的女神节礼物——这天，我们14天的出院隔离期满，可以回家了！

每个人都会由防疫指挥部统一通知各自所属的社区派车来接，

再一个个地送到小区门口。

正当我有条不紊地在宿舍里收拾行李时，忽然听到外面传来了歌声，听声音就知道是咱们5楼的“歌后”小姐姐又开唱了。

我开门走了出去，看见走廊上已有不少人，大家都走出来了，每天静悄悄的宿舍走廊，此刻热闹了起来。

随着小姐姐手机里的音乐响起，回首这次疫情我们一路走来，所有的情绪都化在了这首《再见》里。

明天我要离开
熟悉的地方和你
要分离
我眼泪就掉下去
我会牢牢记住你的脸
我会珍惜你给的思念
这些日子在我心中
永远都不会抹去
……

2月13日晚，湖北省新冠肺炎疫情防控指挥部召开新闻发布会。会上，武汉市金银潭医院院长张定宇表示，目前在缺乏疫苗和特效治疗药物的前提下，采用特免血浆制品治疗新冠病毒感染是较为有效的方法。康复者捐献的血浆，经过一系列处理，会得到一个相对纯化的对抗新冠病毒的中和抗体，用于新冠肺炎危重患者的治疗。

我还在方舱的时候就看到了呼吁新冠肺炎康复者捐献血浆的新闻，而在2月19日国家卫健委发布的《新型冠状病毒肺炎诊疗方案（试行第六版）》里也明确提出对重症患者可以采用康复者恢复期血浆进行治疗。

所以我在3月8日回来的当天，就拨通了献血点的电话。工作人员详细地询问了我整个病程、症状和检查结果，然后让我等电话通知，等医生来评估我的条件是否达到捐献标准。

第二天下午，我收到了血液中心打来的回电，我满足基本条件，可以去献血啦！好开心！

血液中心可以派车接送。由于目前武汉小区还在实行管控，所以血液中心给我开了一个预约捐献当天的通行证明，方便我出小区。

11日中午1点，血液中心的车来接我了。路上跟师傅聊天得知，他每天都在武汉三镇接送康复患者去献血，每天大概会接送5至6名康复患者。

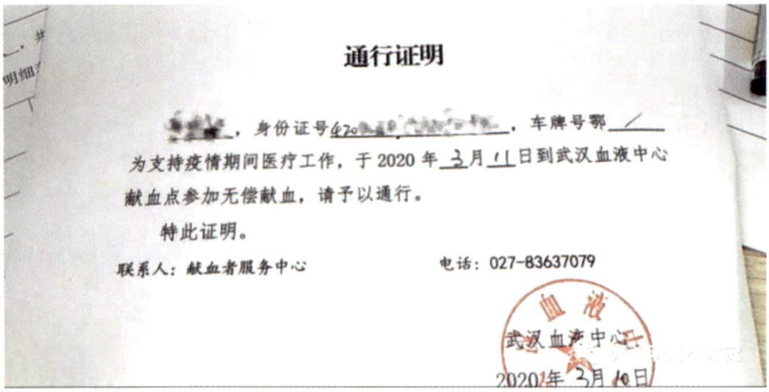

通行证明

[illegible]，身份证号[illegible]，车牌号鄂 /

为支持疫情期间医疗工作，于2020年3月11日到武汉血液中心献血点参加无偿献血，请予以通行。

特此证明。

联系人：献血者服务中心　　电话：027-83637079

武汉血液中心

2020年3月10日

通行证明

安静的解放大道

车行驶到解放大道高架桥上，从车窗向外望去，曾经热闹的中山公园、武汉广场、苏宁电器、长江大酒店、同济医院，依次出现在我眼前。

这是第一次，我在白天，看到它们如此安静的模样。

……

不一会儿，我们就到了位于宝丰一路的武汉血液中心本部。

新冠肺炎康复者的血浆捐献点是一个单独分立出来的房间，就在一楼。

进门前护士先给我进行

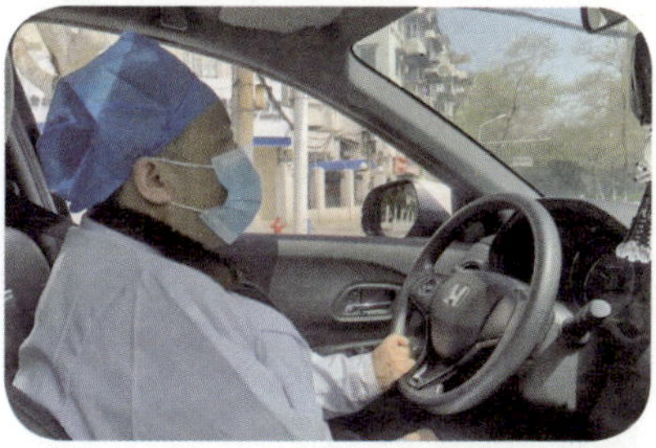

接送我的师傅

到达捐献点

就快要献血了

了手消毒，更换了我正戴着的口罩。穿上鞋套后，我就可以进去了。

进门后里面有两间房：一间献血室，一间登记体检室。

首先来到体检室，填写几个基本信息表格。

再向护士出示身份证、出院小结和近期核酸检测结果。

出院小结在出院的时候由医院给出，核酸检测结果可以搜索“健康武汉”微信小程序，身份证绑定健康卡查询。

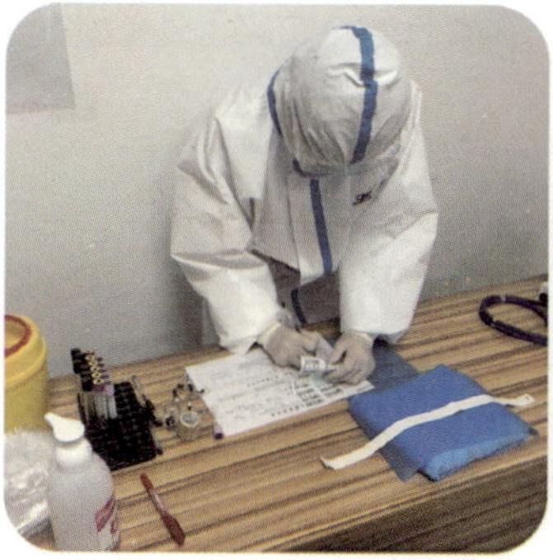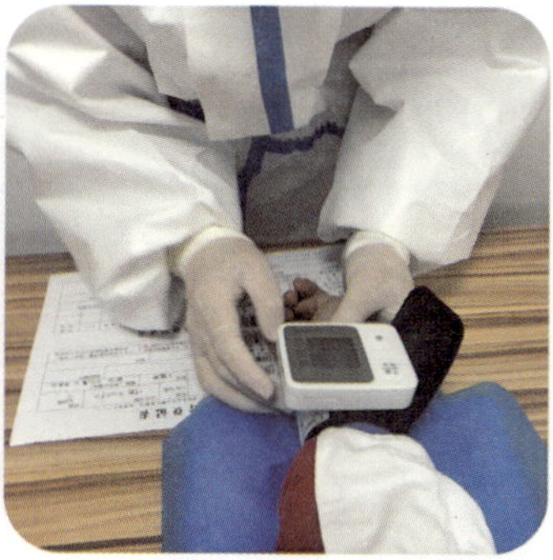

献血前的准备工作

接着就开始献血前的体检了，测量血压和心跳，采集血液初检血样标本，当场化验出结果。

检测项目为红细胞、血小板浓度、肝功能等指标，全部合格以后就可以正式献血了。

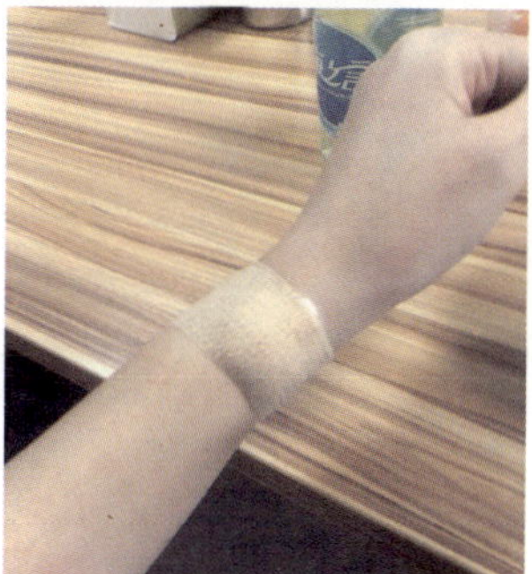

第一次用这种止血带

抽血前护士还特别贴心地问我习惯用哪只手玩手机，她就抽另一只手。

本来是抽手臂的血，可由于我的血管太细了，不好出血，所以抽的是手腕处的血，可紧张死我了。

在等待化验结果的过程中，护士跟我聊天，得知我中饭没吃多少饭，就马上拿了一套盒饭送上来，说必须吃饱了才能献血。

我心里顿时咯噔一下，心想没吃饭不会影响刚才的血液检测结果吧，一直在忐忑中，担心因检测结果不合格而不能献血。

吃到一半的时候，护士告诉我，检测结果出来了，全部合格，可以献血啦！

献血点的盒饭

我一下子欢呼了起来，真是太开心了！悬着的一颗心终于放了下来，饭也不想吃了，立马要求献血。

但是护士还是要求我必须把汤喝完，说这样一会儿献血会舒服些。

来到献血室，4 张献血床一字排开，每张床旁边都放着一台血液采集分离机。

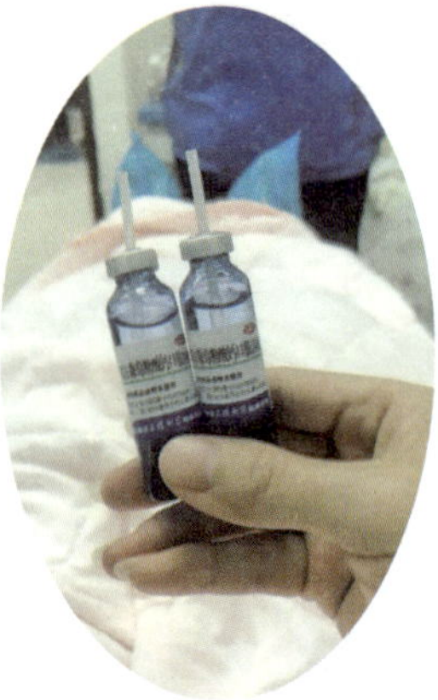

根据献血者体重的不同，每张床机器的抽取速率是不一样的。

坐到床上躺好以后，护士给我拿来被子盖上，接着给了我两小瓶葡萄糖酸钙口服液让我喝，用以补充在献血过程中身体里临时被抗凝血剂占用的钙离子。

接下来就正式开始抽血啰。同样地，

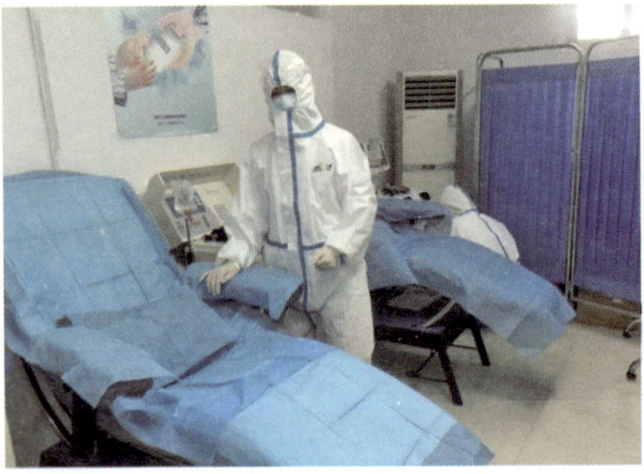

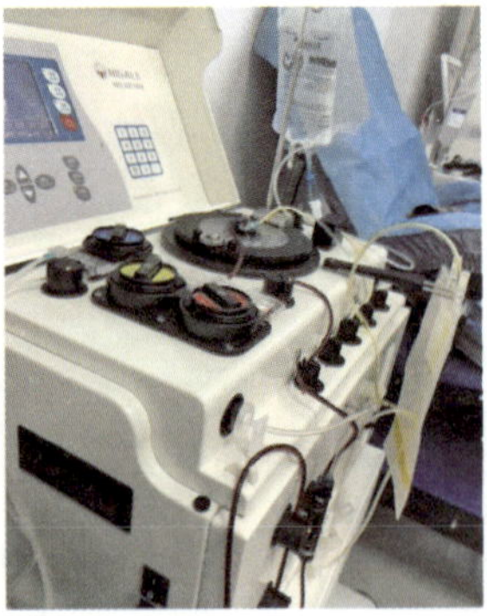

献血室内

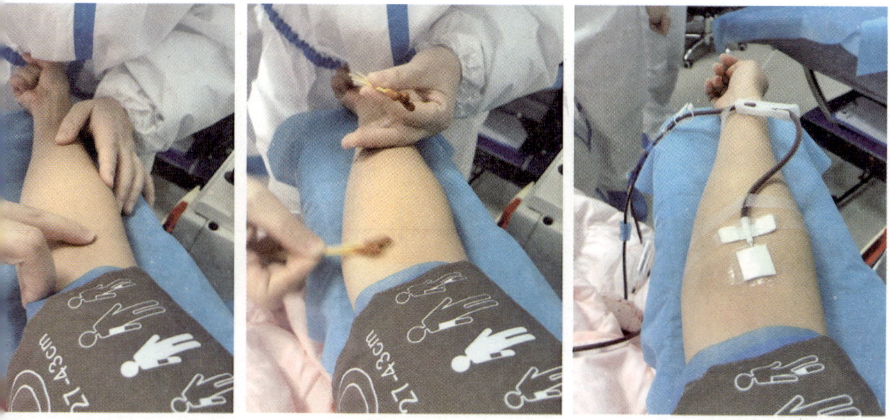

激动而又紧张的献血过程

由于我的血管太细了不好找，护士只能把手套脱了给我操作扎针，并告诉我她的手已经充分消过毒了。

我其实挺害怕扎针的。这个献血的针管很粗，看到护士就要开始扎了，我赶紧另一只手揪着一团被子，头扭向一边开始做深呼吸，完全不敢看，差点就哭了……

真是的，还没有我麦兜打针勇敢。

我们平时的无偿献血都是捐献的全血，此次新冠肺炎康复者献的是成分血，即只捐献血浆。

血浆是血液的组成部分，其中 90% ~ 92% 是水分，还含有蛋白质、无机盐、激素、有机酸等成分。

人体在感染病毒或细菌等病原体后，免疫系统就会产生相应的对付病毒或细菌的抗体，这些抗体就存在于血浆里面。

将这些包含着抗体的血浆输注给重症患者后，相当于进行被动免疫治疗，可以大大地缩短他们的病程，阻止重症患者向危重症发展，提高治愈率，降低死亡率。

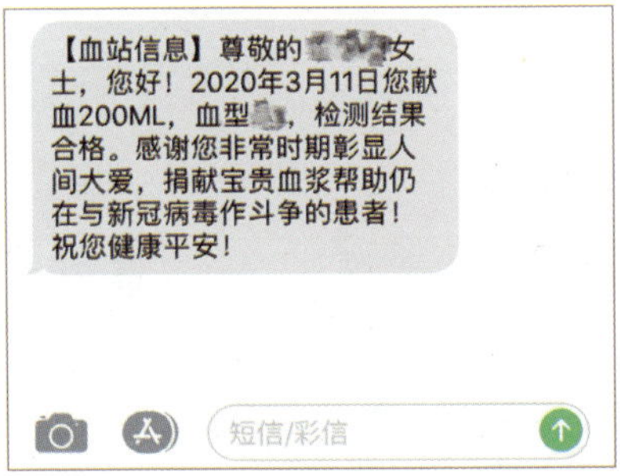

血液合格的通知短信

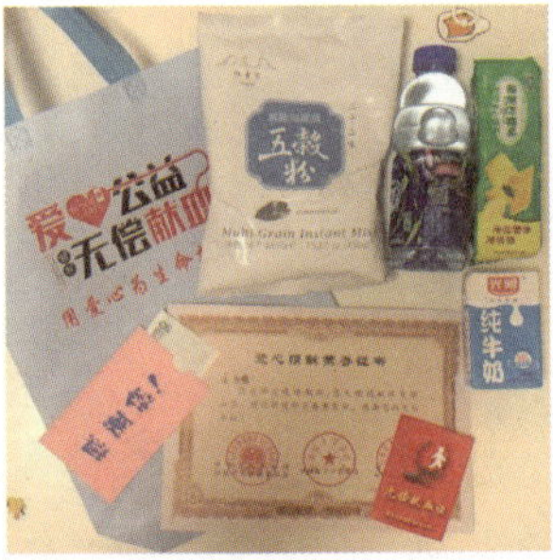

献血后发放的物资

一份 400ml 的康复者血浆至少能帮助两名新冠肺炎重症患者。

血浆的捐献过程是先将血液从捐献者体内采集出来，然后通过血液分离机将其中的血浆单独分离出来储存，再将分离后的剩余血液补充进一定比例的生理盐水后，回输到捐献者的体内。

每个献血者可以自行选择捐献 200ml 至 400ml，然而，由于我的体重不达标，只被允许捐献 200ml，我是该开心呢还是该不开心呢……

在献血过程中，绑在手臂上的那个画了好多小人的松紧带会收紧或者松开，从而可以感知到现在是在抽血还是在回血。

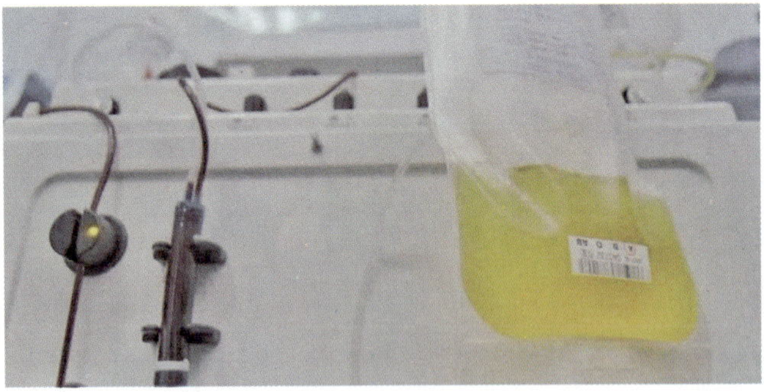
我捐献的血浆

带子收紧的时候给手臂加压，使血管充盈，方便采血；松开了就是在回血了，把分离出血浆后的血液回输给捐献者身体。

我的过程是先抽了100ml到机器里，分离出血浆后剩余的送回身体，接着再抽另外的100ml。

大概30来分钟，我200ml的献血就完成了。我旁边的一个小哥是献的300ml，却比我还快一些，机器速率不一样。

袋子里黄色的就是血浆了。对，血浆是黄色的。快告诉我，不知道这个的，不是我一个人！

献血完毕后，除了献血证，还会有一张特别的荣誉证书和一些食品。

其实之前我从来都没有献过血，因为我害怕扎针。

这次献完后有朋友问我，既然那么害怕扎针为什么还来献血，而且我算是大病初愈，马上又去献血不担心对身体有什么影响吗？

这时我才发现自己之前压根就没考虑过这些，现在仔细回想，当我决定要献血的时候，是真的什么也没想。

于我而言，这个过程只是，我得到了一个信息——康复患者的血浆对重症患者有帮助，然后我是康复患者，所以我就去做了，就这么简单。

至于害怕扎针或其他的担心，那就等它们真正发生的那一刻，再去考虑怎么解决吧！

嗯，我就是想做这件事，然后，我就去做了。

献完血后需要在体检室留观半个小时，没有什么问题后就可以离开了。我在离开以后还是略微有点头晕，大概还是饭吃少了吧，不过几个小时后就好了。

我集合新冠肺炎康复患者血液捐献的全部详细信息，并做了一幅

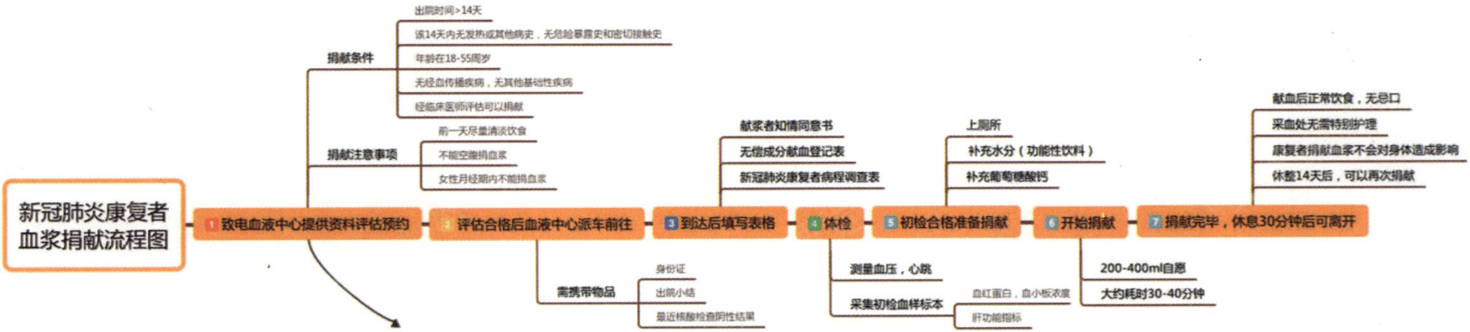

武汉市新冠肺炎康复者恢复期血浆

捐献地点、预约电话一览表

序号	名称	地点	预约、咨询联系方式
1	武汉血液中心本部106室	硚口区宝丰一路8号	17320547079
2	武汉血液中心中山公园献血屋	地铁2号线中山公园站A出口背后	17320547079
3	武汉血液中心江南分中心	洪山区新千家街66号海鸿新基业	13628662893
4	武汉血液中心省人民医院献血屋	武昌区解放路238号，省人民医院西一门旁	陈老师、刘老师 18907159023
5	武汉血液中心泛悦汇献血车	武昌区中山路泛悦汇入口	王老师、秦老师 18907159280
6	武汉市金银潭医院	武汉市东西湖区银潭路1号	吴晓 13871368262 毛敏 17771457382 梅宇 13886033659

流程图，供有意愿献血的小伙伴参考。

既然说到了用康复患者血浆来救治重症患者，我之前也看到周围有朋友对于核酸检测和抗体检测结果不是很明白，所以在此我结合武汉亚洲心脏病医院张医生做的两张图，用我的理解来谈谈这些到底是什么。

首先，关于这些检测的结果标识，不管是检测病毒核酸还是检测抗体，结果阳性就代表体内有这个病毒或抗体，阴性就代表体内没有，或者未检测到。

首先来说核酸检测，它检测的是体内有没有新冠病毒。

结果阳性，即检测到了，说明感染了新冠肺炎病毒。

结果阴性则有两种可能。

其一是没有被感染，所以没有检测到病毒。

其二是已经感染了，但由于该次检测的试剂质量、取样位置、取样位置的病毒浓度、人员的操作等原因而暂时未检测到，所以该次结果为假阴性。

再来说抗体，前文已经提到人体感染病毒或细菌等病原体后，人体的免疫系统就会产生相应的物质来抵抗和消灭这些病原体，这些物质就是我们常说的抗体。

所以抗体检测就是看看人的体内有没有这些负责和病毒打架的“兄弟们”。

常见的“抗体兄弟”有两种——IgM 和 IgG。

IgM 是我们身体首先快速产生的抗体，可理解为是和病毒战斗的先锋部队，但它溜得也快。

所以 IgM 一般存在于病毒感染的早期，也就是说如果 IgM 检测结果是阳性的话，说明体内的 IgM 和病毒打得正嗨呢，那么是刚染上病毒不久。

IgG 的产生则比较慢，可能已经感染有一段时间了，它才慢慢跑出来，可以理解为是后续部队。但同时它消失得也很慢，甚至不会消失，即在人的身体里安营扎寨不走了。

所以如果 IgG 检测结果是阳性的话，只能说明你被病毒感染了，至于是正和病毒打着呢，还是已经打完了安家了，凭此单项结果无法判断。

武汉亚洲心脏病医院的张医生做的实验室结果解读图如下。

针对此图，仅就核酸和抗体结果，我用简单粗暴的三句话概括就是：

若核酸阳性，无论抗体结果如何，说明你正处于感染中，病毒尚未清除干净，仍然具有传染性。

若核酸阴性，抗体也阴性，说明你未被感染过（绝大多数）。

若核酸阴性，抗体阳性，则说明你正处于感染中，或是曾经感染过，现在已痊愈。

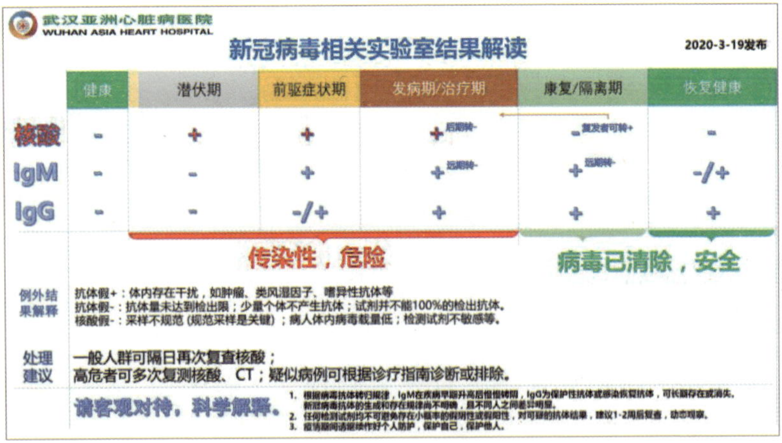

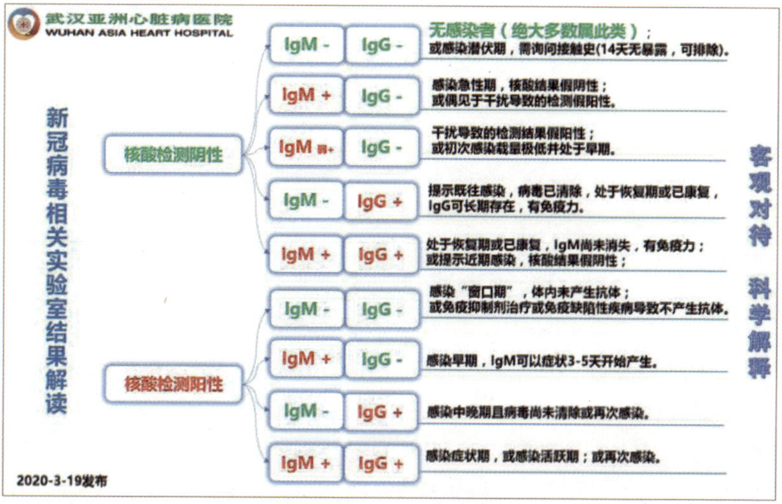

目前，抗体的检测是作为核酸检测筛查感染人群的一种补充，同时还需要参考CT影像学表现，也就是说任何检测结果的解读一定要结合流行病学史、临床表现和其他检查结果综合判断。

截至今天，仍然还有较多的重症患者没有康复，在目前缺乏疫苗和特效药的前提下，新冠肺炎康复者的血浆是临床治疗重症患者最宝贵的资源。

我们将含有抗体的血浆注入重症患者体内，就相当于在重症患者自身还没来得及产生足够多打仗的“兄弟”时，人为地先给他们派一些援兵过去，从而帮助他们去打赢这场战斗！

让我们都加入到捐献血浆的队伍中来吧，用可以再生的血液挽救无法重来的生命，帮助重症患者渡过难关。

疫情之下，用最暖的爱心凝聚力量。

血脉相连，用热血让生命延续！

3月26日

温暖，能治愈人心

1月23号武汉关闭离汉通道，这座千万级人口的城市被按下了暂停键，至今两月有余。

而现在，这座城市正在苏醒。

3月25日，武汉市部分公交线路恢复运营；28日，地铁开始恢复。

4月8日，武汉即将开启离汉通道。

是的，我们“热干面”，已经醒了。

天气一天天渐暖，干枯的树枝上已爬满绿色的新芽，樱花、梨花、桃花，捧出了满园的芬芳，无一不在提醒着我们，春天已经到来。

“三月湖天春昼长，东风飘暖草浮光。樱桃熟后游人倦，柳絮飞时燕子忙。”

昨天，朋友 CHACHA 终于完成了他的日本之旅的影像记录。

我很喜欢，平静而治愈。

我们终究会渐渐恢复到往日的忙碌，会渐渐地被各种日常琐碎所牵绊，会渐渐地再次投入到都市的喧嚣中。

也许我们还会比原来多了某些习惯，也许我们对未来还有着迷茫。

但不管怎样，生活的主题依然是，面对复杂，保持欢喜。

一直很喜欢 CHACHA 的作品，每一帧都美似一幅画卷，静静地等你到来，诉说着它自己的故事……

（本篇图片全部出自 CHACHA，新浪微博 @ 摄影师 –CHACHA）

层林映红了天空，
时间在小巷里飞快地穿梭，
轨道声带回都市的繁华。
是我在看这座城市，还是这座城市在看我？
夕阳落幕，依旧会再次升起，
以为看遍千帆过尽，却仍渴求那不可得的娴静。
喧嚣之下，愿你有一个温柔的灵魂，
温暖，能治愈人心。
……

4月1日

隔离在家的吃与行·想念这座城（上）

从我3月8号学校隔离满14天后回家至今，已经25天了。

刚回来的第一周我就去捐献了血浆。

接着最重要的工作，当然就是加入一个又一个的团购群啦！

当我回来的时候，物资已经没有之前那么紧张了，各个类别的团购，从开团、截团、收款，到送货、取货，整个流程已经十分流畅、井然有序了。

团购群和琳琅满目的团购物资

从蔬菜、米面、粮油，到蛋糕、零食、奶茶，有什么是一个团购群解决不了的？如果有，那就再多加一个群。

外面的实体餐饮至今仍未恢复，但外卖平台里的选择已经越来越多了。

只是，我家这儿，“开封菜”已经点过三次了，金拱门叔叔你到底啥时候来呀？

外卖平台上的选择很多

我的外卖到了

小区门口的无接触快递外卖安置点

疫情前每次在家时，我都要把丢垃圾、拿快递、出门等几个需要下楼的事儿攒到一起一次搞定，似乎下一趟楼不多搞定几件事，就对不起我这爬上爬下的双腿儿。

然而现在，看看这个只是拿一个外卖而已，不只是要下楼，还得跑去小区的门口，却乐开了花的傻大妞。

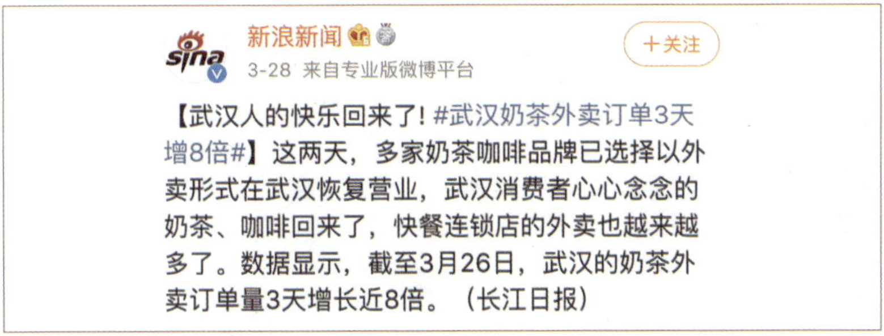
新浪新闻
3-28 来自专业版微博平台
+关注

【武汉人的快乐回来了！#武汉奶茶外卖订单3天增8倍#】这两天，多家奶茶咖啡品牌已选择以外卖形式在武汉恢复营业，武汉消费者心心念念的奶茶、咖啡回来了，快餐连锁店的外卖也越来越多了。数据显示，截至3月26日，武汉的奶茶外卖订单量3天增长近8倍。（长江日报）

《武汉人的快乐回来了！武汉奶茶外卖订单 3 天增 8 倍》，《长江日报》3 月 28 日报道

更开心的是，到现在，连奶茶都可以自由了，我的快乐又回来了！

3 月 28 日这天，武汉的地铁正式恢复运营了，而武汉的超市也在几天前对个人开放了，借此机会，在隔离了两个月后，我第一次重新走进了超市的大门。

小区门口的卡点，出示微信健康码，扫描为绿码即可放行。

我去了家附近的中百仓储，从门外看，人不多。

小区门口的卡点

超市入口

目前超市的营业时间是 9:00—17:00

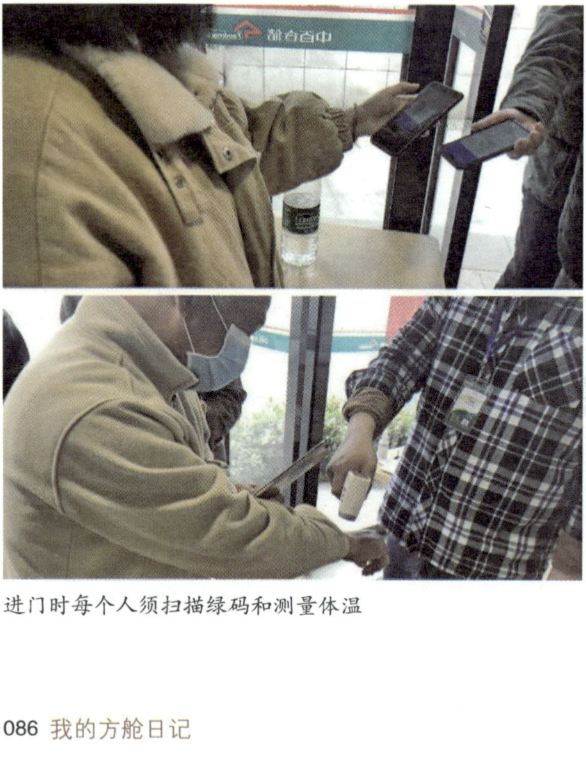
进门时每个人须扫描绿码和测量体温

超市内货品充足

打电话的大叔

超市里面，新鲜蔬菜水果和肉类粮油供应充足。

肉类柜台前，一位大叔一边询问着肉的种类，一边和电话里的“领导”一一如实道来。营业员大婶儿也不厌其烦地配合着：展示、介绍、放下、换下一个……等待着那最后的正确答案。

超市内还有带着小红帽的志愿者，正对着清单，在超市工作人员的帮助下，采购小区团购的物品。

相比满满的蔬菜肉类货架，零食类货架上反而被拿空了许多。

我想，应该是大家一日三餐所需都可以很方便地买到了，不需要紧张囤货了，所以关注点都转到了零食上。

夹在几乎被拿空了的乐事薯片和咪咪虾条中间的口水面，盘踞在少了一半的旺旺大米饼隔壁的麦香鸡味块，你们要加油啊！

“小红帽”在行动

零食货架

从超市出来后，我决定去武广商圈看看，顺便体验一下刚恢复的公共交通。

超市收银处，人也不多

目前在武汉乘车首先需要实名制登记认证，再加上健康码为绿码，才能乘坐。

在支付宝或微信搜索“实名登记乘车”进入小程序，按照流程进行线上身份认证，下图为支付宝乘车流程。

上车后首先用做完上述实名登记的支付宝或者微信扫描车上的二维码。

此操作是为了记录乘客整个公共交通出行的轨迹，一旦所乘坐的公共交通发现了疫情，可以帮助疾控部门快速精准地追溯和通知同乘人员，从而更好地实现疫情的防控。

用支付宝乘车流程

扫码乘车

只要疫情一天没有完全结束，我们就不能掉以轻心。

扫码登记后会显示如右图所示的页面。

接着，旁边的安全员会测量体温，而车费的支付方式和之前一样，投币、刷武汉通或支付宝皆可，与前述操作无关联。

当天公交上人很少，从我上车到在中山公园下车，车上加我一共3名乘客。

乘车的人很少

下车前需要再次扫描登记二维码再下车。截至今天，武汉公交一共恢复了180条运营线路，有你家附近的吗？

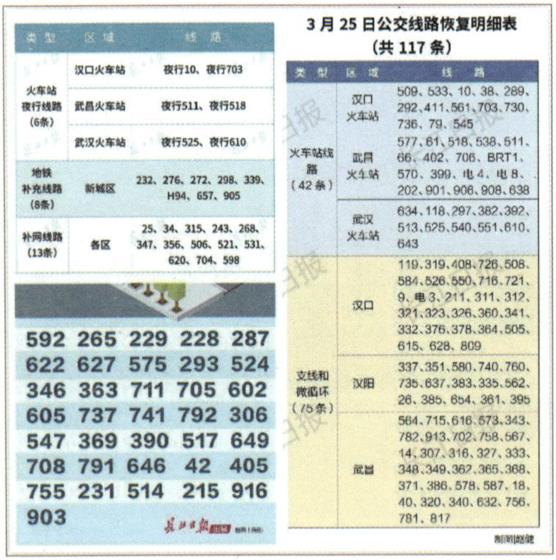

类型	区域	线路
火车站夜行线路（6条）	汉口火车站	夜行10、夜行703
	武昌火车站	夜行511、夜行518
	武汉火车站	夜行525、夜行610
地铁补充线路（8条）	新城区	232、276、272、298、339、H94、657、905
补网线路（13条）	各区	25、34、315、243、268、347、356、506、521、531、620、704、598

592	265	229	228	287
622	627	575	293	524
346	363	711	705	602
605	737	741	792	306
547	369	390	517	649
708	791	646	42	405
755	231	514	215	916
903				

3月25日公交线路恢复明细表（共117条）

类型	区域	线路
火车站线路（42条）	汉口火车站	509、533、10、38、289、292、411、561、703、730、736、79、545
	武昌火车站	577、61、518、538、511、66、402、706、BRT1、570、399、电4、电8、202、901、906、908、638
	武汉火车站	634、118、297、382、392、513、525、540、551、610、643
支线和微循环（75条）	汉口	119、319、408、726、508、584、526、550、716、721、9、电3、211、311、312、321、323、326、360、341、332、376、378、364、505、615、628、809
	汉阳	337、351、580、740、760、735、637、383、335、562、26、385、654、361、395
	武昌	564、715、616、573、343、782、913、702、758、567、14、307、316、327、333、348、349、362、365、368、371、386、578、587、18、40、320、340、632、756、781、817

公交线路恢复表

中山公园前

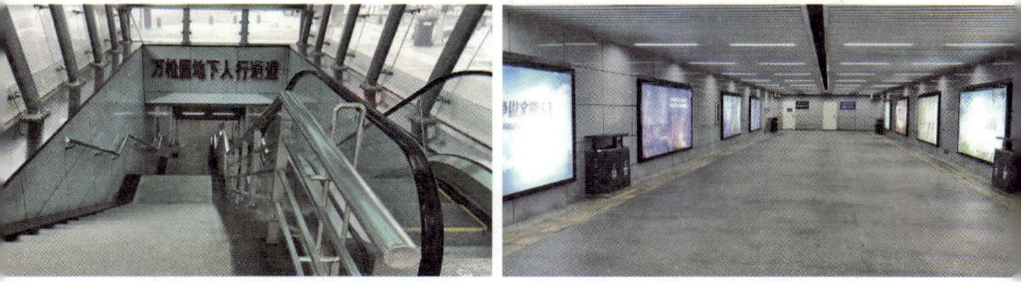

安静的万松园地下通道

穿过地下通道来到国际广场前，这边的人多一些。据我观察，感觉大部分是到国广负一楼的武商超市采购的人和为商场 30 号重新营业做准备的商场员工们。

商场已于 3 月 30 日恢复营业

武汉国际广场前

世贸广场的奶茶店目前只能在外卖平台下单。门前有外卖小哥和自提的人，大家都分散地站得很开，等着叫订单号取货。

准备返程。既然已经出来了，我决定再体验一把今天刚开通的地铁。

目前地铁一共恢复了 6 条线路的运营，分别是 1、2、3、4、6、7 号线，要注意的是，每个地铁站只开放了部分进出站的出入口。

同样地，进站前先扫描登记二维码，从下地铁站的手扶梯处，一直到安检前，到处都张贴着二维码供扫描。

奶茶店门口

进入地铁站

地铁 2 号线站台

地铁里的人们

在安检处给工作人员展示绿码并测量体温后，就可以进站了。

没想到开通的第一天，两个方向候车的人都还挺多的，我坐的是武汉地铁中一直都最繁忙的 2 号线。

上了地铁之后，发现人更多。我观察了一下，大部分人都带着一个行李箱，我想这应该是返乡和返汉复工的人们吧，多半是从火车站转乘过来的。

因为 28 号这天，也是武汉火车站第一天恢复到站的日子。

这一天，有 6 万多名“武汉人”回家了。

4月1日

隔离在家的吃与行·想念这座城（下）

江汉关的钟声，
是这座城市的心跳声。

在这足不出户隔离的两个多月里，我们每天只能在单一的空间里，通过新闻报道、视频照片、各个群的消息来了解外面发生着的事情。

停工停学停产，生活的节奏也慢了下来。

我们直播看火神山的建设，我们“云赏”武大的樱花，我们通过航拍感受疫情下这个寂静的城市，我们也通过一张张或震撼或温暖的照片，好好地看看我们的武汉。

也正因如此，我才知道武汉有这么多的摄影人，他们在生活和工作之外，长年持续不断地用镜头记录着我们武汉的每一处变化和每一份美好。

（本篇图片全部出自Jerry，新浪微博@看不见的武汉）

细细翻看这些照片，看我生活的这个城市，她第一次这么全面而又具体细腻地呈现在了我的面前。

归元寺大门旁的石狮子

我才发现自己曾经的生活半径多么的狭小，每天都在公司、家里、幼儿园、培训机构几点之间打转，偶尔去一趟之外的地方，也是有目的的。

为了奔波而奔波。

现实总是那么的繁忙，工作、生活、家人、孩子，每天一件又一件的必办事项接踵而至，而且似乎每一件都是那么的紧急，我们每天被城市的快节奏鞭打着，不能停。

我们总是期盼着假期的到来，盼望着飞往另一个城市，暂时地

归元寺大门

武昌滨江的楼群

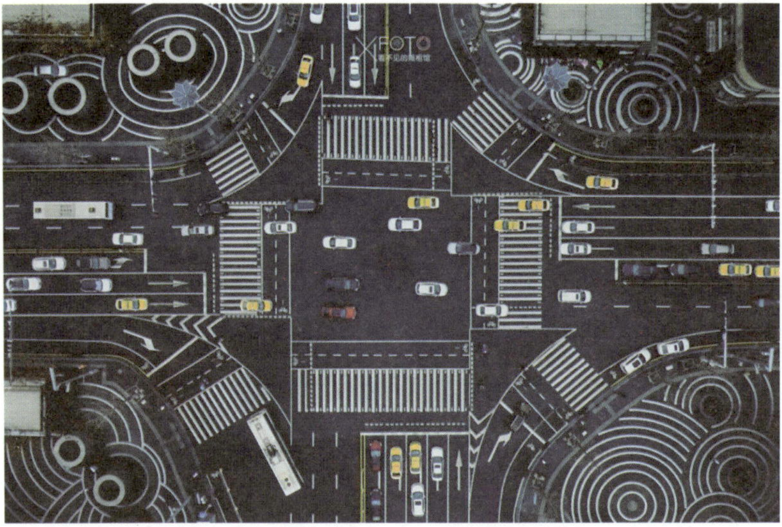

汉阳钟家村十字路口

和平立交夜景

青山矶头山公园

汉口沿江大道

过着另一种生活，总觉得最美的风景一定在远方。

我每次出去旅游时，都喜欢串街走巷，随兴所至，只为去静静地感受这个地方的生活气息和美好瞬间。

然而现在才发现，对于我自己生活的城市，我却从来都没有好好地去看过，去细细地体会过。

因为，总觉得，它太熟悉了。

人总是会忽略自己身边熟悉的事物，而向往未知的领地。一座工作生活了很多年的城市，很容易被习以为常地忽视。

我想疫情过后，当武汉恢复往日的正常之后，我最想做的，就是用自己的双脚去丈量这片我热爱的土地。

于晨曦中漫步在东湖湖畔，感受沾着露水的新芽，绿色的芬芳扑鼻而来。

于艳阳午后，小憩高楼咖啡店里，看繁华的大街上车水马龙、人来人往。

夕阳西下，江滩边、芦苇旁、大桥下，看着灿烂的晚霞和波光粼粼的江面相互交融，感受着周围的一切被慢慢地渲染出金色之光。

夜幕降临，立于一座高楼之上，俯瞰着华灯初上的缤纷和霓虹

掩映在落日余晖下的二七长江大桥

夕阳下的汉口江滩

灯争奇斗艳的璀璨光芒。

江汉路 C 立方

这座城市，我现在才发现我是如此地深爱着她。

一个月不重样的花式过早、市井气息的老街小巷、悠久浓厚的城市历史篇章，混搭着那日新月异的国际范儿，毫无违和感。

一城秀水半城山，她纵有一千种面孔，每一种也都是她，每个武汉人魂牵梦绕的她，每个武汉人心底最深处柔软的她。

只因为她是武汉，所以我爱她。

3 月已经过去，离她正式的苏醒，还有，最后 7 天了。

武汉，我在等你。

丁达尔光中的汉口

4月3日

我终于把孩子接回来了

往前走，我一直都在你身后

我从学校隔离回来，在家里又自行隔离了14天后，再次去医院做了一次CT检查。

拿到片子，医生说肺部阴影已经彻底吸收了，我完全好了！

此时，距离我症状全部消

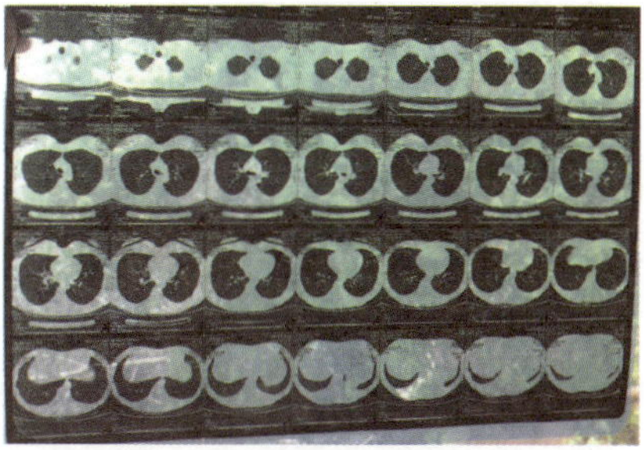

CT结果显示我完全好了

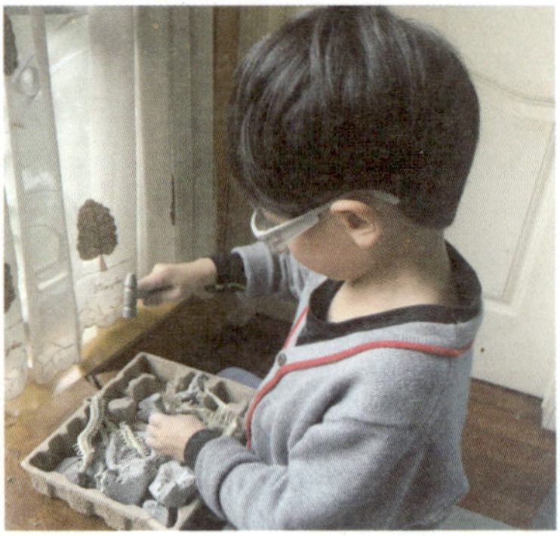

回家后的麦兜

失已经两个月，距离出院也已经过了 28 天，核酸检测四连阴，献血结果有抗体，CT 检查肺部阴影彻底吸收干净。

我想，终于可以把接麦兜回来这事儿，提上日程了。

于是 3 天后，我正式出发，去后湖的叔叔家接麦兜回家啰。

回到家后，麦兜的生活依然精彩丰富，只要不让他补作业，其他什么事都好说。

这是麦兜自出生以来第一次离开我这么久，从 1 月 23 号送走到 3 月 24 号接回，他在我叔叔家待了整整两个月。

在那个刚刚关闭离汉通道、物资暂时缺乏、形势还不明朗的 1 月 23 号，当我开始发烧时，我就直接跟我这个叔叔打了电话，跟他说了情况，想把麦兜送过去，他二话不说立马就答应了。

我有几个叔叔和姨，我想我当时跟他们任何一个人开口，都会是同样的结果。我很感激我身后有这样的一个大家庭，得以让我在 23 号当天就可以迅速地把麦兜安置妥当。我是幸运的。

而当时我之所以会首先想到这个叔叔，主要考虑有两点，这两点对麦兜能顺利度过这两个月很是重要。

一是，在 23 号我开始发烧的那天，我感觉这个病毒性肺炎可能不会在短时间内结束，所以得把时间预估长一点，恐怕得十几二十天才能把麦兜接回来（事实证明还是低估了）。这个叔叔是三口之家，家里没有老人和小朋友，相比其他可以托付的家人，不会给他增加太多的麻烦。

二是，麦兜非常喜欢我堂弟（叔叔的儿子），所以在他需要突然长时间居住的这个新环境里，有他喜欢的人，可以帮助他适应。事实也是，在 23 号当天跟他说去我叔叔家住时，他立马就答应了，而且还兴奋得不得了，就盼着去找我堂弟玩。

在刚过去的头两天里，什么都是新鲜的，麦兜跟我的电话里满满的都是兴奋。

到了第三天，新鲜劲过去了以后，每次视频电话的主题就变成了想妈妈和问什么时候可以回家了。

麦兜的分离焦虑开始了。

于是，我决定帮他一把，帮他建立这些情绪表达的具象化路径，以便当他因为我不在他身边而想我的时候，情绪能够有出口，从而顺利地度过分离的初期。

首先，对于想妈妈。

我在每次的视频电话里观察到，他喜欢把在叔叔家他看到的、认为我会喜欢的东西展示给我，并且要在最后回家时送给我。

所以受此启发，我决定寻找一个大小合适，方便抓握的物体来作为我不在他身边时的替代安抚物。

于是，在一次视频时，我让他给我展示叔叔家的样子，说我要自己选喜欢的东西，到时候让他带回来。

然后，我看到了一个长条的抱枕，质地柔软，大小他也刚好可以抱住。

“被施了魔法的小枕头”

接着老母亲就开始戏精上身了，描述我是多么地喜欢这个枕头，这个枕头简直就像我本人一样。

感慨完了以后，我接着装作突然想到一个主意，跟麦兜说，你拿纸画一张妈妈的头像吧，然后贴在这个枕头上。

最后，我让他把枕头放到摄像头前，我给枕头做了亲亲的动作，说我已经给枕头施了魔法亲亲，这个枕头现在已经和我心灵相通了，他再想我的时候，就可以抱抱枕头，我就能够感受到。

魔法亲亲的概念来源于潘恩的《魔法亲亲》这本书。麦兜在刚上幼儿园小班时，我借助绘本里的这个概念又做了点扩展，帮助他度过入园时的分离焦虑，这个以后另起文详解。所以，魔法亲亲在他心里是深信不疑的东西。

很快，在后几次的电话里，他经常跟我分享他对这个枕头做了什么，说他晚上也是抱着这个枕头睡觉的，我都马上回应说，嗯，我感觉到啦。

对于他的第二个问题，什么时候可以回家。

这个年龄的孩子跟他说几月几号，他并没有概念，而告诉他还有多少天，可能当时明白，等过几天当他再次产生这个疑问的时候，已经不知道还剩几天了。

所以天数也需要具象化，这样无论什么时候，当他有这个疑问的时候，都可以自己找到答案，从而感觉到这是在他的掌控中的。

当时他已经在我叔叔家住了有几天了，我想再过个 14 天应该就差不多了吧，所以我跟他说，14 天后就可以回家了。

接着要他从那时开始每天画一幅画，从 1 开始标序号，等他画完序号为 14 的那幅画时，妈妈就来接他了。

这样，回来的那一天就变成了一个可以看到的东西，任何时候，他都可以通过当天画画的序号来知道回家的日子。

然而后来的现实是，我从居家隔离到酒店隔离，接着又辗转到了方舱，然后又去了学校隔离，回来后又居家隔离两周，前后一共经历了整整两个月。

在这个过程进行到中间的时候，我意识到，我已经无法用一个确切的数字去告诉麦兜，到底多少天后才能接他回来了，因为我也不知道。

所以我决定，下一次他再提起这个问题时，直接如实告诉他，现状是怎么样的。这可能会给他带来一点冲击，但我相信他能度过，我也会一直陪着他。

在有一次跟他通话时，我发现他已经开始适应新环境的生活了，而且每通电话里也不再全程都是表达想妈妈和想回家之后，我决定开始慢慢地一步步地告诉他实情：目前这个 14 天过完后，妈妈还回不了家。

“这个病毒有一点厉害，现在妈妈身体里的小卫士还打不赢它，所以还需要继续在医院治疗，现在不能接你回家了，等妈妈完全好了就会来接你。”

“那什么时候才能完全好？”

“我也不知道呢，不过我猜可能这个 14 天过完了以后，再过一个 14 天就好了。”

虽然我当时并不知道最后到底需要多少天，但接受新的情况需要一步步地来，所以又给了他一个 14 天的概念。

接下来，每当我到了一个新的地点，如隔离酒店、方舱医院或隔离的学校，在到达的第一天，我都会将我周围的环境发视频给麦兜看，向他展示我到了一个什么样的新地方，会如何生活。

妈妈虽然不在身边，但他一直都知道妈妈在一个什么样的地方，可以干些什么。

再加上这两个月里，叔叔一家尽心地照顾麦兜起居，还聊天陪玩，他很快地度过了这个分离焦虑阶段。

他每次的视频电话主题由开始的都是想妈妈，变成了和我分享他每天的生活了。很少再去倒计时问我还有几天了，因为他知道妈妈好了就会来接他的。但还是会跟我说妈妈我想你了，我就会告诉他，我也在想他。

当我们再次聊到我还没有打败病毒需要继续留在医院时，他反而还来指导我：“你要多吃点饭撒，吃饱了小卫士才有力气打败病毒撒。”

山水轮流转，我原来跟他说过的话，在这里都还给我了。

他有时会跟我讲解他玩到的新东西，有时跟我讲他想到的新点子，有时跟我展示他负责浇水的小盆栽，有时告诉我他今天吃到了一个什么好吃的，他把做法记下来了，回来后要跟我一起做。

甚至还有时电话没讲几分钟就跟我说，“好了，就这吧，挂了吧”，因为他急着要去玩游戏。

其实，这两个月里，即使他在电话里的变化让我认为他已经处理好了这段分离，但没见到真人前，我并不能十分确定。

而现在，麦兜已经接回来一周多了。有久别重逢的腻歪，但没有生怕再次失去而每时每刻的寸步不离。回来后的生活，每日一如往常。

这是麦兜自出生以来第一次离开我这么久，而且还是突然地离开，没有任何铺垫，我心里已经做好了很多的准备，去面对接他回来后的各种因分离而产生的状况。

然而他回来后的状态，却让我惊讶了一把。

小小的他，也可以处理好这么大的难题。

麦兜在给小盆栽浇水

我和麦兜

或者，其实一直只是我单方面觉得，这是个难题。

孩子永远都比我们想象中的要强大，我们需要做的，只是去相信他。

他们可能身体小小的，做不了太多的事情，但他们一定会努力。

他们可能听不懂你说的晦涩的内容，但他们能感受到你的坚定。

他们知道自己是个小小孩，但他们依然有自己能搞定一切的雄心。

只要你相信。

相信他，相信相信的力量！

4月8日

武汉，“新年”快乐！

长江二桥夜景

1月23日，上午10点，武汉全面关闭出城通道，因新冠肺炎疫情，一个千万级的城市被按下了暂停键。

曾经人声鼎沸的都市，突然地失了声。

偶尔经过的救护车声、社区宣传的喇叭声，在空荡寂静的街道上显得格外的响亮。

每个沉静的夜晚，只有楼宇间的霓虹景观灯遥相呼应，互诉衷肠。

4月8日0时，随着江汉关钟声的响起——武汉，重启！

长江两岸千座楼宇争相点亮，全国数亿人民在直播中，共同见证着这一历史的时刻。

而此时武汉人的朋友圈里，就像过年一样，不停地刷屏，庆祝着这一天的到来，感慨万千。

武汉，“新年”快乐！

76个日日夜夜，1814小时，每一分每一秒，都展示着，这一刻，是多么的来之不易。

数十万名医护人员用血肉之躯坚守在最前线。

十天创造的奇迹和数十座方舱承载着生命的延续。

水电、环卫、通信、社区、志愿者们共同织起的一张网，撑起了整个城市的运转。

而更多的人用他们在家的坚守，表达着战斗的决心。

星星之火，可以燎原。这一个个普通人的永不言弃，撑起了这场艰难的战疫。

从不曾想；

原来活着会成为一个这么迫切的愿望；

原来能够按自己的喜好来买菜是这么的幸福；

原来有外卖可以点是这么的舒心；

长江二桥灯光秀

原来出行能够有车是这么的便利；

原来城市的拥堵是在展示她的繁华；

原来对宅在家里的钟情是因为有可以随时出门的自由和权利……

汉口时代广场

长江大桥上恢复了车来车往，公园里四处传来孩童的欢笑，粼粼的江水在夕阳下唱着欢快的小曲，夜幕下的江滩边，人群三三两两。

武汉，恢复了她的人间烟火气。

但此刻，我们仍然还不能松懈，“解封”不是“解防”，零增长不是零风险。

珍惜这来之不易，等待摘下口罩之期。

4月15日

孩子和疫情

昨天一早，麦兜从起床开始，因为不想刷牙洗脸，跟我闹别扭。按照惯例，我跟他说清道理和我的原则后，就去做自己的事了。但这次他一直在我旁边，闹了半个小时，我才突然想起了一件前段时间我担心过的事。

麦兜被接回来以后，每天都该玩时玩，该睡时睡，和大人沟通交流也正常，并没有什么大变化。唯一有个让我很诧异的地方，并且看起来似乎还是一个有很好趋势的地方，就是他不调皮了。

比如原来麦兜早上只要醒了，那是一定要把我也闹起来的。

而自从回来后，他要是醒了，我说再一起睡一会儿，他就马上老实地跟我一起继续睡，哪怕他可能并不想睡了。

比如原来起床后，穿衣服、刷牙、洗脸、收拾餐桌、等待早饭等一系列流程，经常鸡飞狗跳。

而现在回来后，我起床后说我去做早餐了，他就会在我做早餐时把这一切都主动自觉地完成，做完以后如果我早餐还没做好，他就自己去找玩具玩，等到我把早餐端过来，他就会马上放下玩具过来吃。

比如原来睡觉前，脱衣服、叠好放床头、换睡衣、选书等程序，也是要靠一件件地催。

而现在回来后，每次给他刷完牙，他就自己一麻溜地自觉全部做好，然后再叫我进房间讲故事。

每一天每一次都如此，没有任何一刻例外。

而他之前去我叔叔家时，像小皇帝一样被宠着，什么事都不需要自己动手，现在一回来突然这么懂事了，我非常的诧异。

这个年龄的小朋友，平时日常生活偶尔闹个别扭、耍个赖，很正常。他的这个变化对我来说，其实还是一件好事，每天少了好多要扯皮的事情，我轻松多了。

可是，人是不会突然无缘无故地有反差很大的改变的，特别是不会伪装的小孩子。所以这个变化的背后可能有某些原因，我一时找不到头绪，就暂时把这个疑问存在了心里。

从疫情一开始紧张未知时把麦兜送走，到形势已经大大缓解后接回来，整个疫情期间麦兜都不在我身边。

对于这样一件和我们生活息息相关的事情，我不知道他有多少的了解，他是如何看待这个病毒的，是如何看待妈妈生病了这件事的。

直接问很难问出个所以然，所以接他回来以后，我只是偶尔遇到机会了就提一提相关话题。

清明节那天，刚好跟他讲到哀悼日，讲到降半旗，讲到死亡，一个念头突然蹿到了我脑海里。

他之所以回来后一直这么乖，从来不给我添任何麻烦，不向我表现出任何的负面情绪，是因为他在担心我！

妈妈生病了这么长时间，肯定很脆弱，所以他不能跟妈妈发脾气，不能攻击妈妈，他担心妈妈现在太脆弱了，他怕他的攻击把她击垮了。

所以但凡他自己能做的，都乖乖地自己做，不像原来那样跟我对着干，他不想让我操心。

他不敢再由着自己的性子，无情地“使用”妈妈了。

带着这个猜想，我借着刚好谈到的清明话题，给他把疫情、死亡和我生病三者之间串起来，使之落地。

我说这次这个病毒让好多人都生病了，住进了医院。其中有一部分人病得很重，最后可能会死去。而大部分的人都是病得很轻的，去了医院治好后就回家了。你看，妈妈就属于病得很轻的，还有XX（他认识的一个人）也是，他现在也治好了回家了。

然后还有更多的人，他们是没有被这个病毒感染的，比如爸爸就没有被感染，你之前去的舅舅家，他们三个人也没有被感染，还有你骑平衡车的小伙伴也都在家里好好的，还有你自己，也没有生病，对不对？

妈妈现在从医院回来了，就代表已经完全好了，就像你之前，也生过病，然后过了几天病好了，你就恢复了一样。

整个串联过程依次表明如下三点：

1. 梳理已知信息，没有生病的占大多数，在生病的人里面，分病得很重的和病得很轻的，只有病得很重很重的人才有可能死去。

2. 用身边人的具体实例去完善印证第一步的梳理，他最关心的妈妈，属于病得很轻的一类。

3. 妈妈现在已经完全好了，病情不会再变严重了，也不会死亡。

在上面梳理对话的过程中，还让我发现了一个我不曾想到的他的疑惑，就是他不明白为什么医护人员也会去世。

在他的认知里，医生都是很厉害的，都是帮助我们打败病毒的，可是为什么他们也会死。

因此，我想到了另外一个问题。

这次的疫情，我想很多父母都会用孩子能够听懂的语言来给他们进行讲解，这个病毒是什么，我们为什么不能出去，等等。但我们有可能会忽略的一点是，大人们之间的交谈。

我们在和亲人朋友讨论各种消息的时候，我们在看电视

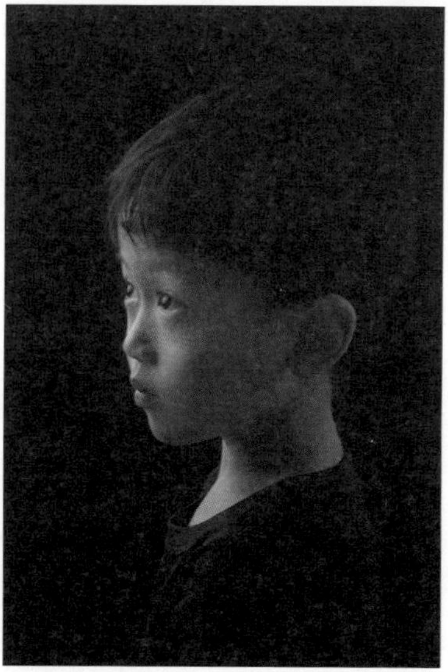

新闻的时候，旁边的孩子其实也是可以听到、看到的。

而对于被动输入的这一部分，这个年龄的孩子是没有信息整合能力的。

儿童期的孩子比幼儿期的孩子又更敏感一些，他们能够从新闻的播报、家庭的氛围中感知到，疫情是影响着每一个人的。但他们又不像青少年，能够正确看待疫情对自己的影响。

在他们听到的大人专门给他们讲解的完整概念之外的信息里，他们可能只注意到了某个词，或者某一句话，当有疑惑时他们可能会问出来，但能提出问题的部分其实是他们踮踮脚能够够得着的部分。

而对于有些超出了他们的表达能力，难以用语言串联形容出来的部分，就会被埋在心里沉寂，或者用一些行为表现出来。

这些难以被表达出来的信息碎片，散落在我们为之打造灌输好的疫情概念盒子周围，不停地在盒子间来回漂浮游荡着，不知道到底应该归属在哪个盒子里。

在清明节之后的一天里，我又以他为主角，将他从 1 月份开始到现在，整个疫情期间的生活和看到的变化，全部串联梳理了一遍，将那些零散的碎片都整合起来。

再来说他之前突然乖巧谨慎的变化，既然我察觉到了，我是有一些担心的，但不会焦虑。

从那天冒出猜想，到后面的梳理整合做完以后，我的那个担心就又继续沉了下去，默默待着。所以直到昨天他突然扯皮扯了半个小时，我才意识到他又开始作了，至于是慢慢一点点开始的，还是昨天突然开始的，我也没注意。

无论是我那时猜得对也好，错也好；我给他梳理的举措起了作用也好，没起作用也好；或者我直到现在都没有理出任何头绪也好；又或者我根本就没有察觉出来他的变化也好，其实都没有关系。

它就是我们遇到的一件事，就是我们生活进行中的一个片段，其他的事情也一样。

在孩子小时候这漫长的陪伴岁月里，遇到问题，我们想到了办法就和孩子一起去解决，没想到就一起去面对。没有哪件事会有牵一发而动全身的威力。

在焦虑的当下，当事情过去了一段时间后再回头来看，它也只是一段走过的路，一段曾有过的经历。

生活是动态的。对于孩子来说，你一直在，就够了。

5月2日

缘起方舱，来自天津的牵挂

4月的最后一天，我收到了一个超大的包裹，沉甸甸的，拿回家的路上一直寻思着，我最近好像没有买东西啊。

一个意料之外的包裹

打开箱子，满满一箱的天津特产映入眼帘，我瞬间明白，这就是方舱里，来自天津市北辰区中医医院的田怡护士小姐姐寄给我的了。

天津大麻花、果仁、小八件等，她还贴心地分别买了给我自己吃的散

天津护士姐姐寄给我的特产

装的，和给我送人的礼盒装。

而当我在散装的塑料袋里看到那只麦兜小猪的钥匙扣时，我的眼睛瞬间湿润了。

此刻，任何言语都显得苍白，真是太有心了。因为我家娃的小名就叫“麦兜”。

翻看和她的聊天记录，早在3月2号的时候，她就找我要了地址，说等疫情结束，她回家以后就给我寄天津的特产。那时我还在学校隔离，而她还在方舱坚守。

时隔两个月了，她一直都还记得。

我的思绪一下子被拉回到了几个月前。时间过得真快，我看着微信通讯录里一个个来自天津的联系人，一一翻看着和她们曾经的聊天记录，回想着和每个人的那段回忆，回想着这一路走过来的点滴……

送给麦兜的“麦兜小猪钥匙扣”

天津市第一中心医院张瑾、天津医科大学第二附属医院高新星、天津市大港医院张宝娥、天津市北辰区中医医院田怡、天津市西青医院畅红、天津《滨海时报》陈西艳……

从没想过在这样一个特殊的时刻，在这样一个特殊的环境下，能够和她们有一段这样的相遇和回忆；从没有想过，那个对我来说一直很陌生的城市，从此会在我心里占据一个特殊的位置。

年初的那个黑暗里，你们来了，微微的火光一点点聚集，给沉寂的武汉带来生机。

临危受命，一批又一批，你们就这样义无反顾地踏入了前方未知的领域。

剪掉的长发飘然落地，穿复杂的防护服从头学起，方舱里的每一个日日夜夜由你们撑起。

危急的形势、全新的环境、陌生的流程运转，谁能想到，这本该是慌张、匆忙、冰冷的时刻，最后却被你们和我们之间的点点温情满溢。

隔着厚重的防护服，我看不见你们的脸，我分不清你们每个人，

3 月 8 日，塔子湖方舱转出最后一名患者，正式休舱

方舱休舱，武汉必胜

但当高新星后来拍给我她的方舱工作证时，当我在视频里看到你们一个个摘下口罩的清晰脸庞时，当我看到照片旁一个个名字时，我一点都不觉得陌生，这就是你们啊。那些在方舱里日夜来回忙碌的身影，那个带卷儿的普通话又在我耳边响起……

3 月 8 日这天，是我在学校隔离期满、正式回家的日子，没想到的是，它同时也是塔子湖方舱转出最后一名患者、正式关门大吉休舱的日子。

这，是巧合吗？

如果当时我在现场，怕是会哭成个泪人儿吧。

而她们并没有全部返回天津，她们中的一部分人留了下来，转到了协和医院的重症病房继续为武汉战斗着。

出征时还是严冬，归来时已是花期，最后，在一个春光明媚的 4 月里，她们才终于全部踏上了回家的旅途。

哪有什么白衣天使，不过都是花季的小姐姐，奋力拼搏在最前线。

谢谢你们，为武汉拼过命！

“武汉是个好地方，就连风都是温柔的。”田怡如是说。

也正如《只要平凡》这首歌里所唱：握紧手中的平凡，此心此生无憾，生命的火已点燃。

只要平凡

（作词：格格　作曲/编曲：黄超）

也许很远或是昨天
在这里或在对岸
长路辗转离合悲欢
人聚又人散
放过对错才知答案
活着的勇敢
没有神的光环
你我生而平凡
在心碎中认清遗憾
生命漫长也短暂
跳动心脏长出藤蔓
愿为险而战
跌入灰暗坠入深渊
沾满泥土的脸
没有神的光环
握紧手中的平凡
此心此生无憾
生命的火已点燃
有一天也许会走远
也许还能再相见
无论在人群在天边
让我再看清你的脸
任泪水铺满了双眼
虽无言泪满面
不要神的光环
只要你的平凡

今日休舱 武汉必胜
住 院 楼

后　记

我是一个普通的在职妈妈，自儿子麦兜出生以后就一头扎进了育儿知识的海洋。从孩子还小的时候学习喂养和护理知识到后来学习儿童教育和心理学知识，结合麦兜的一路成长，我积累了一些育儿小经验，并在 2018 年 8 月开通了微信公众号“兜爷麻麻不睡觉”，不定期地分享育儿路上的所行所想。没想到这给身边的人也带来了帮助，从而促使我更多地学习和思考。

本以为，这个公众号就以此为主题，就这样随着平常的生活一直记录下去了。不曾想，在这个特殊的 2020 年，因为我感染了病毒，生活被换了一个频道；不曾想，我会因为在公众号上记录了这一切，被这么多朋友关注、关心，而这一份记录，能够被印刷出来，以书籍的形式留存。

一个人隔离在外的日子里，我感受更多的是，当剥离了日常生活，脱离了工作、家庭、孩子；当处理好因感染带来的情绪后，我第一次有充足的时间，静下心来体会自己内心深处的感受——周围的一切都暂停了，没有催促，没有匆忙，我就这样静静地和自己相处……所以我每一篇文章所传达出的就是当时那个最真实的我。

看着自己公众号后台的留言，看着转载我文章的公众号下的留言，听着朋友们给我的反馈，我很欣慰我的文字能够带给人们温暖和抚慰，带给他们力量和希望——而我又何尝不是被这些给我留言的人温暖着呢？

很多人是在转载的公众号上看到我的文章后，特地追到我的公众号来给我留言，并告诉我他们的感受、他们的祝福。而当时，微博上也有很多我文章的转载，但我几乎没有玩微博，所以很多人因为在微博上搜不到我的信息，继而就专门到微信上搜寻，最后终于找到了我，并告诉我整个寻找过程。因为这样，我便开通了“兜爷麻麻不睡觉”的同名微博。人与人之间的善意就在这一来一回之间缓缓地流淌着。

我家楼下的院子里一直有几只野猫，以前外出时偶尔会看到它们。因为疫情隔离在家后，我时常也会想它们是否安好。而当从学校隔离回来后，我竟发现一直有人在照顾它们：有人在院子的一个围栏里给它们做了个小猫舍，有些人定期轮流给它们送食物，有人碰见了院子里的车主会特意提醒——“开车前注意下车轮旁有没有猫，因为它们喜欢卧在车轮下，突然开车会把它们轧伤……”

疫情虽然残酷，但这个世界是充满善意的，只等着我们去发现。

转眼已是5月底，这个多雨的5月，一反往日的炎热。我就在这个月正式复工了，并多了一个习惯——每天下班后都会特地绕道，从家附近的一个带湖的公园穿回去，将手机塞进背包里，一只手拎着电脑包，一只手随着缓缓的步伐随意摆动，就这样漫步在公园湖边的小路上。

轻柔的云团静静地躺在淡蓝的天空中，湖里的荷叶随风摇曳，岸边的杨柳直直垂下，跑步人的脚步声由远及近，再从身边穿梭而过，偶尔有孩童的笑声在林间回响。我把思绪收回到自己身上，细听口罩下我一呼一吸的节奏，体会双脚一步一步踏在地面上的触感，感受凉爽的微风轻拂我的脸庞，让纷杂留在园外，放空自己，关注此刻当下。这是一个往内看向自己内心，和自己对话的娴静时光。这是疫情带给我的新变化，是我现在一天当中最爱的时光。

“我写作，不是为了名声，也不是为了特定的读者，我写作是为了光阴流逝使我心安。”阿根廷作家博尔赫斯说。我们留给世界的是什么？肉身早晚要消失的，最后留下的只有文字、图像、视频，而这些承载着我们的思想。

用心去生活，感受当下的每个喜怒哀乐，发现美好，记录真实，这就够了。

微雨过，小荷翻，榴花开欲燃。

大街小巷里重新迎来了拥堵的模样，街边紧闭的商铺卷闸门陆续拉起，写着硕大的“堂食开放”的标语逐渐出现在餐馆的正门上，宣示着它挺过来的坚强，网约车重新上线，初中、高中毕业班的学子已经复学，公园里跑步锻炼的人也越来越多，朋友圈里藏不住大家重新上班的激动，深夜的街头不再落寞，吃宵夜的人群三三两两，这座城市在有序地迈动她的步伐。

武汉，这座英雄的城市，硝烟味渐淡，烟火气渐浓。

我们又踏上了另一条征途。有一些企业留在了这个年初，更多的企业使出浑身解数，在危机中孕育新机：线下的培训机构老师当起了主播，健身房推出线上线下套餐控制人流量，肯德基爷爷开启了“深夜撸串”；“央视 BOYS”直播为湖北带货，百万张武汉消费券一波又一波地发放，各种扶持微小企业的政策陆续出台……经济的恢复需要时间，这个过程也许艰辛，这条路也许漫长，但我们是战胜了寒冬的武汉人，是坚强乐观而又充满善意的武汉人。

美好生活没有先兆，它走过黑夜，然后出现，而我们就在这里。

2020 年 5 月 19 日

清晨记于武汉家中

图书在版编目（CIP）数据

我的方舱日记/李雪颖著. ——武汉：湖北人民出版社，2020.5
ISBN 978-7-216-09962-2

Ⅰ.我… Ⅱ.李… Ⅲ.日记—作品集—中国—文集—当代 Ⅳ.①I267.5

中国版本图书馆CIP数据核字(2020)第077189号

我的方舱日记
WODE FANGCANG RIJI

责任编辑：曾若雪
封面设计：刘舒扬
责任校对：范承勇
责任印制：王　超

出版发行：湖北人民出版社
印刷：湖北新华印务有限公司
开本：880毫米×1230毫米 1/32
字数：120千字
印张：4.75
插页：1
版次：2020年7月第1版
印次：2020年9月第2次印刷
书号：ISBN 978-7-216-09962-2
定价：38.00元

本社网址： http://www.hbpp.com.cn
本社旗舰店： http://hbrmcbs.tmall.com
读者服务部电话： 027-87679656
投诉举报电话： 027-87679757
（图书如出现印装质量问题，由本社负责调换）